今古奇觀

肆

亂點鴛鴦

Marvellous Tales of the Past and Present

抱甕老人——編

曾珮琦 編註

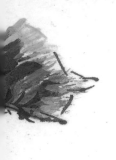

今古奇觀

目次

亂點鴛鴦

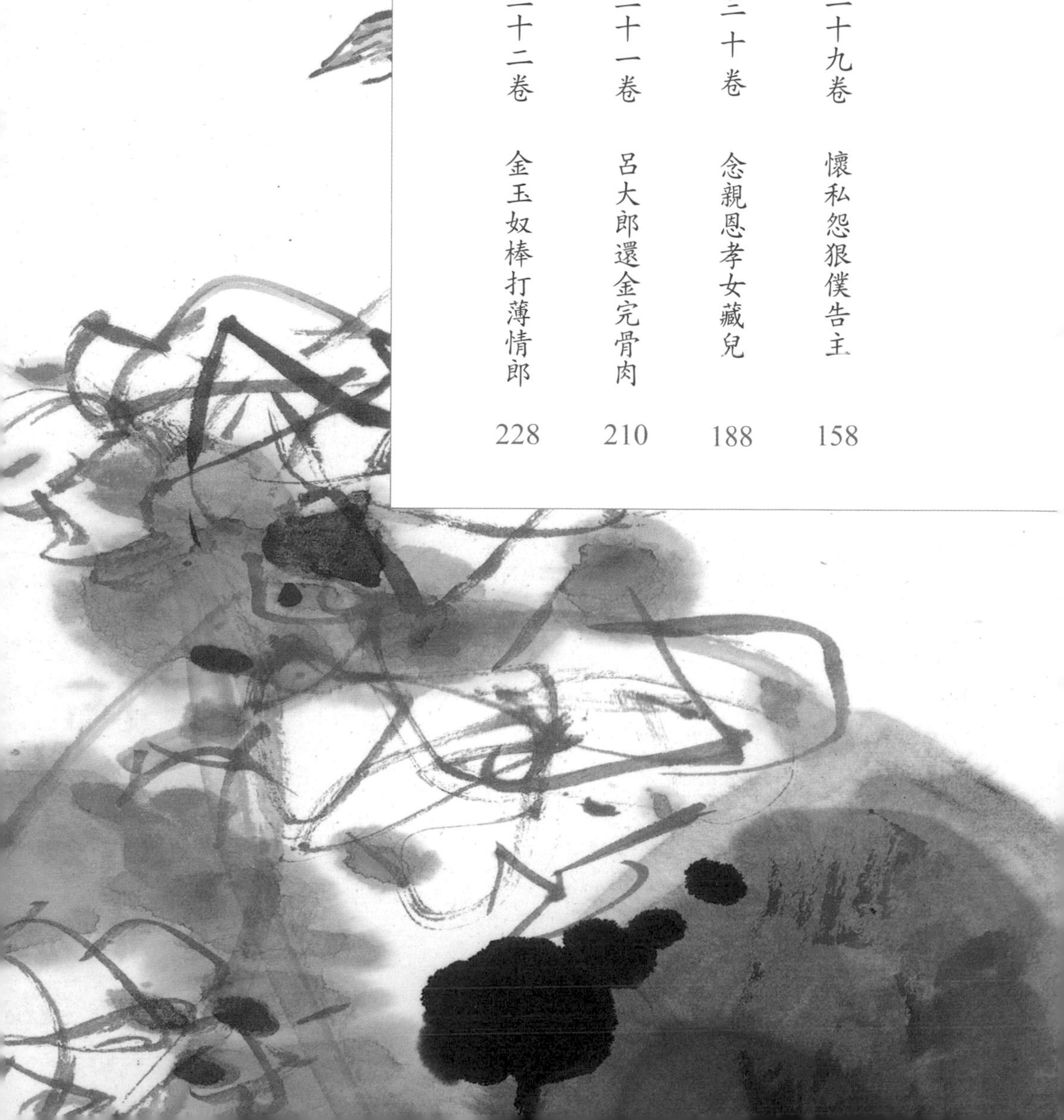

導讀

《今古奇觀》——三百年前的暢銷書

前台北醫學院兼任副教授
現為洪健全基金會敏隆講堂講師
葉思芬

《今古奇觀》原是三百年前的一部暢銷書。它是「世情小說」，是相聲瓦舍說書先生說給老百姓聽的奇聞；是市井書生寫給市井老百姓看的異事。裡面的愛恨情仇、悲歡離合，不再著重於神魔鬼怪、帝王將相或英雄豪傑。即便有，也率皆由庶民觀點、眾生角度去揣摩。所以故事中的生活起居、應酬世務、思想反應、行動基準，幾乎可以說就是十六、十七世紀明朝城市經濟、升斗小民的忠實記錄。

《今古奇觀》是抱甕老人由一百二十篇的《三言》、《二拍》挑選成輯的。雖說有忠孝節義、文以載道的企圖，但最精彩的還是在描繪市井小民的生活氣息、生存智慧，甚至生命觀這部份。透過這四十篇小說，我們看到了人世間至今猶然的最俗世的想望。以讀書爲業的，就是苦讀、登科、出仕、平安富貴終老；一般百工各業的，則是風調雨順、國泰民安、家庭美滿、子孫繁茂。這些，與我們現在的「五子登科」（銀子、妻子、兒子、房子、車子）是完全一樣的。

茲就內容簡單舉例。

以政治來說，明朝的司法最是黑暗。〈陳御史巧勘金釵鈿〉是根據社會新聞改編的眞人眞事；〈沈小霞相會出師表〉則指名道姓是嘉靖奸相嚴嵩迫害忠良的司法檔案。而普通百姓一旦被扯入官司通常就是家破人亡、妻離子散。像〈蔡小姐忍辱報仇〉，倖存者只能苦苦忍耐，祈求天理昭彰，能有沉冤得雪的那一天，那是多麼卑微但堅持的等待。

「一品官，二品客。」《三言》

明朝人固然熱中於「一舉成名天下知」的科舉。但因爲城市經濟發達，商人階級抬頭，老百姓遂有「經商亦是善業，不是賤流」《二拍》的說法。但是，商人從來重利輕別離，男人行商在外，妻子獨守家園，人生隨即充滿意外。〈蔣興哥重會珍珠衫〉就是這樣一篇充滿曲折情節，既寫實又浪漫，亦喜亦悲的佳作。文中除了男歡女愛之外，也同時讓我們見識到四百年前湖廣襄陽的城市文明與中產階級商人富裕、活潑的生活與思想。

十載寒窗也許還無人問，但經商致富似乎可以更快捷。只要有探險精神，幾年間出人頭地大有人在。〈轉運漢遇巧洞庭紅〉就是把握時運速成致富的好例子。〈徐老僕義憤成家〉則在歌頌人情義理之餘，也鼓勵小老百姓「富貴本無根，盡從勤裡得」。

「春濃花豔佳人膽」《醉翁談錄》

兩性之間的話題，永遠最受歡迎。《今古奇觀》不乏士子與妓女之間的愛戀與背叛。上京趕考、初入社會的年輕人迷戀綺羅香閨情場老手的京都名妓，本是那時節流行的社會風氣。〈杜十娘怒沉百寶箱〉即是一篇代表作。

名妓杜十娘用盡心機以爲覓得良緣，卻中途遭良人轉賣，氣憤絕望下，她將萬金私產盡數投河。然後，在眾人驚呼聲中，投河自盡。

這樣決絕，當然不是「殉情」，而是對自己所託非人最沉重的抗議。

同樣精彩的還有這篇〈賣油郎獨占花魁〉。販夫走卒賣油郎偶然撞見名妓花容，遂起心動念拼命存錢，想買上佳人一笑。女主角花魁淪落風塵，癡想有朝能「趁好的從良」。她背著老鴇努力經營自己的人脈、金庫。終於在認識賣油郎後，感動於他高潔的人品與至誠溫厚的個性，於是靠著智慧擺脫娼家，獲得美滿結局。這故事也見證了社會低層小人物憑藉毅力追求「自己當自己的主人」這種可貴的生命態度。

《今古奇觀》既如上所言是「世情小說」，它所涉及的當然是世情百態：有司法壓迫下，無奈堅忍的〈盧太學詩酒傲公侯〉；有負心漢遭棒打，爲天下女子出一口悶氣的〈金玉奴棒打薄情郎〉；既有男扮女裝皆大歡喜的〈喬太守亂點鴛鴦譜〉；當然也有女扮男裝出遊透氣，兼爲自己覓得佳婿的〈女秀才移花接木〉。此外，也有類似大仲馬《基度山恩仇記》的〈宋金郎團圓破氈笠〉；甚至還有「仙人跳」的〈趙縣尹喬送黃柑子〉和「詐騙集團」的〈誇妙術丹客提金〉……眞是誠如書中原序所言：「極摹人情世態之歧，備寫悲歡離合之致。」

世態無古今，人性永常在。

《今古奇觀》曾經是三百年前的暢銷書，也應會是現在的暢銷書。

導讀

市井小民的不平凡故事

編註　曾珮琦

「說話」藝術起源自唐代，到了兩宋時期，由於商業經濟的繁榮。在臨安、汴京等大城市，「說話」成爲市井小民主要的文化娛樂。所謂「說話」就是講故事，這類故事大多以韻文與敘事的散文爲其講演形式，在說話藝人講正文故事之前，往往會先以相關的詩、詞語小故事做爲開場白，來引起觀眾的注意。正文以敘事爲主，其中會依情節的需要穿插詩、詞，有評論、襯托的作用。末尾往往以一首四句詩或八句詩做爲總結。說話藝人，不可能即興的講演情節完整，內容豐富的故事，這時候「話本」這種文學題材就應運而生。「話本」，原本只是說話藝人講演故事的底本，用以備忘或者傳授徒弟等用途。後來，隨著說話藝術的興盛，一種文人模仿「話本」體制所創作的通俗白話小說也應運而生，這種文人仿作的話本稱爲「擬話本」。明代，由馮夢龍創作的「三言」（《喻世明言》、《警世通言》、《醒世恆言》」）與淩濛初創作的「二拍」（《初刻拍案驚奇》、《二刻拍案驚奇》），就是屬於「擬話本」。在當時大受讀者的歡迎，卻因爲木刻印刷，書價昂貴，不是一般普羅大眾能夠輕易閱讀的到，所以抱甕老人有感於此，從「三言」、「二拍」中選取精華四十篇，以便推廣普及。

馮夢龍，南直隸蘇州府長洲縣（今江蘇省蘇州市）人，別號綠天館主人。淩濛初，浙江湖州府烏程縣（今浙江省湖州市吳興區織裡鎮晟舍）人，別號即空觀主人。兩人的際遇相似之處，皆是考場失意之輩，加上馮夢龍遭受閹黨魏忠賢的迫害，遂將一腔抱負用於著書立說之上。所以在「三言」、「二拍」中有許多寫科舉不第，後來發跡成名的故事，這類故事中保留了許多科舉制度的用語詞彙，如：〈鈍秀才一朝交泰〉，主人翁馬德稱自幼聰明飽學，還有個未婚妻，可謂前途一片光明，卻因父親被構陷，其父得病身亡，家道中落，淪落市井，經歷一番波折才得以金榜題名，順利迎娶未婚妻。「三言」、「二拍」之所以受

到群眾的歡迎，是因爲它所撰寫的是市井小民的不平凡故事，較爲貼近一般民眾的生活，例如：〈蔣興哥重會珍珠衫〉，是寫妻子紅杏出牆的故事；或者花街柳巷的愛情故事，例如：〈杜十娘怒沉百寶箱〉，是寫名妓杜十娘想要從良，與李甲兩情相悅，好不容易贖了身，李甲卻因身上缺少盤纏，回家沒法向父母交代，就把杜十娘賣給他人，杜十娘一怒之下，把自己積攢多年的積蓄百寶箱中的珠寶，盡數投入江中，隨後也跳將自盡。〈賣油郎獨佔花魁〉，是寫一名妓年幼時因戰亂與父母走散，被歹人賣到妓院去，長到後被老鴇設計陷害失身，幸好遇到賣油郎，經歷一番波折，兩人終成佳偶。抱甕老人其人已不可考，他從「三言」、「二拍」中，選取「忠孝節烈」、「善惡果報」、「聖賢豪傑」（姑蘇笑花主人以爲的選文標準，寫於《今古奇觀．原序》中）等故事，一共四十篇集結成書，在篇名上亦有所改動，「二拍」有些篇名由原本的兩句，濃縮成一句，例如：「顧阿秀喜捨檀那物，崔俊臣巧會芙蓉屏」。在「三言」中原本篇名便只有一句，但有些篇名亦有少許改動，例如：「蔡小姐忍辱報仇」，《醒世恆言》的原名是〈蔡瑞虹忍辱報仇〉。除了上述的題材以外，還有一些是馮夢龍、淩濛初根據史書、志怪小說、宋元戲曲等所改編，這類作品有：〈李汧公窮邸遇俠客〉就是由宋代李昉等人編著的《太平廣記》中的〈原化記義俠〉所改編，敘述儒生房德因誤入歧途，與強盜合夥打家劫舍，鐖尉李勉憐其才華，助他越獄，自己因此丟了官職。房德日後做了官，相遇李勉，怕他將自己從前之事宣揚出去，就起了歹心欲殺李勉。房德請了一位俠客，編了謊話，騙他助自己殺李勉，那位俠客信以爲眞，等見到李勉方知中計，於是折返殺了房德夫婦行俠仗義的故事。又如〈羊角哀捨命全交〉，根據戲曲中的〈羊角哀鬼戰荊軻〉改編，左伯桃與羊角哀本是布衣出身，兩人結爲知交，要一同前往楚國求取功名，兩人路上遇到大風雪，左伯桃便將衣服脱下給羊角哀穿，自己則凍死在風雪中。羊角哀後來做了楚國大夫，左伯桃託夢說在陰間受到荊軻欺凌，羊角哀爲了拯救兄弟便自刎，到了陰曹地府助左伯桃擊退荊軻。

本書選用「三言」、「二拍」的明、清善本作爲底本，理由有二：第一，本書因需收錄眉批、夾批。所謂眉批，就是文人在閱讀時後在書頁上方空白處所寫的心得筆記；夾批，則是隨手寫在字裡行間的空白處的心得筆記。這兩者稱之爲點評，是明清時期所流行的一種文學批評形式。而抱甕老人選輯的《今古奇觀》則無收錄眉批、夾批，故筆者選擇以「三言」、「二拍」的善本爲底本，輔以三民書局出版，李平先生校注的《今古奇觀》來做校勘的工作。第二，以版本選擇來說，越接近當時代的版本可信度越大，故選擇原著「三言」、「二拍」作爲底本，而《今古奇觀》經過抱甕老人的選輯，文句或多或少都有經過刪改，可能無法完善的保留原故事的樣貌。以下詳細列出所依據的善本：《警世通言四十卷》明王氏三桂堂刊本；《醒世恆言四十卷》清衍慶堂刊本；《拍案驚奇三十六卷》消閒居刊本。在文字上本書保留了善本書的原貌，除了簡體字改成繁體外，其餘字句都是根據善本未做刪節。但古今用字難免有所出入，例如：善本書常用分付，而現今的用法則是吩咐；伏侍，現今則作服侍，且善本書使用了許多異體字，在註解處都有一一標明，以便讀者閱讀。本書所收錄的眉批根據中華書局校勘的「三言」、「二拍」版本，有學者認爲可一居士、無礙居士、綠天館主人，就是馮夢龍；即空觀主人就是淩濛初，但也有人認爲究竟是誰無法考證。

如何閱讀本書

詳細註釋：
解釋艱難字詞，隨文直書於左側，並於文中以※記號標號，以供對照。

閱讀性高的原典：
將一百回原典分為五大分冊，版面美觀流暢、閱讀性強。

列出各回回目
便於索引翻閱

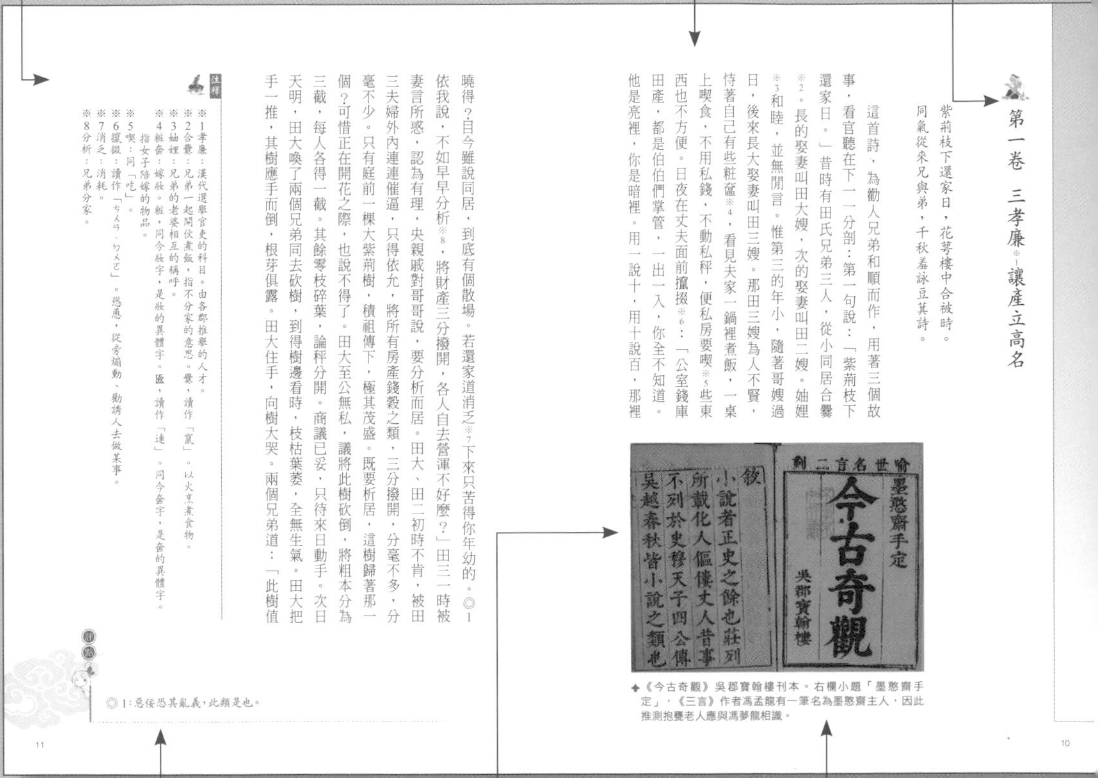

第一卷　三孝廉※1讓產立高名

紫荊枝下還家日，花萼樓中合被時。
同氣從來兄與弟，千秋羞詠豆萁詩。

這首詩，為勸人兄弟和順而作，用著三個故事，看官聽在下一一分剖：第一句說：「紫荊枝下還家日。」昔時有田氏兄弟三人，從小同居合爨※2。長的娶妻叫田大嫂，次的娶妻叫田二嫂。妯娌※3和睦，並無閒言。惟第三的年小，隨著哥嫂過日，後來長大娶妻叫田三嫂。那田三嫂為人不賢，恃著自己有些粧奩※4，看見夫家一鍋裡煮飯，一桌上喫食，不用私錢，不動私秤，便私房要喫※5些東西也不方便。日夜在丈夫面前攛掇※6：「公室錢庫田產，都是伯伯們掌管，一出一入，你全不知道。他是亮裡，你是暗裡。用一說十，用十說百，那裡曉得？目今雖說同居，到底有個散場。若還家道消乏※7下來只苦得你年幼的。◎1依我說，不如早早分析※8，將財產三分撥開，各人自去營運不好麼？」田三一時被妻言所惑，認為有理，央親戚對哥哥說，要分析而居。田大、田二初時不肯，被田三夫婦外內連連催逼，只得依允，將所有房產錢穀之類，三分撥開，分毫不多，分毫不少。只有庭前一棵大紫荊樹，積祖傳下，極其茂盛。既要析居，這樹歸著那一個？可惜正在開花之際，也說不得了。田大至公無私，議將此樹砍倒，將粗本分為三截，每人各得一截。其餘零枝碎葉，論秤分開。商議已妥，只待來日動手。次日天明，田大喚了兩個兄弟同去砍樹，到得樹邊看時，枝枯葉萎，全無生氣。田大把手一推，其樹應手而倒，根芽俱露。田大住手，向樹大哭。兩個兄弟道：「此樹值

喻世名言二刻
墨憨齋手定
今古奇觀
吳郡寶翰樓

敘
小說者正史之餘也莊列所載化人傴僂丈人昔事不列於史穆天子四公傳吳越春秋皆小說之類也

◆《今古奇觀》吳郡寶翰樓刊本。右欄小題「墨憨齋手定」，《三言》作者馮孟龍有一筆名為墨憨齋主人，因此推測抱甕老人應與馮夢龍相識。

註釋
※1孝廉：漢代選舉官吏的科目。由各郡推舉的人才。
※2合爨：兄弟一起開伙煮飯，指不分家的意思。爨，讀作「竄」。以火烹煮食物。
※3妯娌：兄弟的老婆相互的稱呼。
※4粧奩：嫁妝。粧，同今妝字，是妝的異體字。匳，讀作「連」。同今奩字，是奩的異體字。指女子陪嫁的物品。
※5喫：同「吃」。
※6攛掇：讀作「ㄘㄨㄢ．ㄉㄨㄛ」。慫恿，從旁煽動、勸誘人去做某事。
※7消乏：消耗。
※8分析：兄弟分家。

評點
◎1：惡佞恐其亂義，此類是也。

11　10

名家評點：
選收不同名家之評點，隨文橫書於頁面的下方欄位，並於文中以◎記號標號，以供對照。

彩圖：
古籍版畫、名人墨寶、相關照片等精緻彩圖，使讀者融入小說情境。

圖說：
說明性和評點性的圖說，提供讓讀者理解。

第二十五卷　徐老僕義憤成家

犬馬猶然知戀主，況於列在生人。為奴一日主人身，情恩同父子，名分等君臣。　主若虐奴非正道，奴如欺主傷倫。能為義僕是良民，盛衰無改節，史冊可傳神。

說這唐玄宗時，有一官人，姓蕭名穎士，字茂挻，蘭陵人氏。自幼聰明好學，該博※1三教九流，貫串諸子百家※2。上自天文，下至地理，無所不通，無有不曉。真個胸中書富五車，筆下句高千古。年方一十九歲，高掇巍科※3，名傾朝野，是一個廣學的才子。家中有個僕人，名喚杜亮。那杜亮自蕭穎士數齡※4時，就在書房中服事起來，若有驅使，奮勇直前，水火不避。身邊並無半文私蓄。陪伴蕭穎士讀書時，不待分付，自去千方百計，預先尋覓下果品飲饌供奉。有時或烹甌茶兒，助他清思；或煖盃※5酒兒，接他辛苦。整夜直服事到天明，從不曾

圖為元人任仁發所繪的《張果見明皇》，描繪張果老與唐玄宗見面的場景。

打個瞌睡。如見蕭穎士讀到得意之處，他在旁也十分歡喜。那蕭穎士般般皆好，件件俱美，只有兩樁兒毛病。你道是那兩樁？第一件：乃是恃才傲物，不把人看在眼內。纔※6登仕籍，便去衝撞了當朝宰相。那宰相若是個有度量的，還恕得過；又正衝撞了第一個忌才的李林甫※7。那李林甫混名※8叫做李貓兒，平昔不知壞了多少大臣，乃是殺人不見血的劊子手。卻去惹他，可肯輕輕放過？被他略施小計，險些連性命都送了。又虧著座主※9搭救，止削了官職，坐在家裡。第二件：是性子嚴急，卻像一團烈火。片語不投，即暴躁如雷，兩太陽火星直爆。奴僕稍有差誤，便加捶撻※10。他的打法，又與別人不同。有甚不同？別人責治家奴，定然計其過犯大

註

※1該博：學問廣博。
※2諸子百家：先秦時期，因應當時的社會問題，諸子百家學說紛紛興起，如：儒家、墨家、道家、陰陽家等等。
※3巍科：古代科舉考試的前幾名。
※4數齡：指幼童。
※5煖：同今暖字，是暖的異體字。盃：同今杯字，是杯的異體字。
※6纔：通「才」字。
※7李林甫：人名。小字哥奴，號月堂，唐代玄宗時爲宰相，把持朝政，善於權謀諂媚，後釀成安史之亂。
※8混名：外號。
※9座主：又稱座師。科舉制度時，上榜的考生對主考官的敬稱。
※10捶撻：用棍棒打。撻，讀作「踏」。

小，討個板子，教人行杖，或打一十，或打二十，分個輕重。惟有蕭穎士，不論事體大小，略觸著他的性子，便連聲喝罵，也不用什麼板子，也不要人行杖，親自跳起身來，一把揪翻，隨分掣※[11]著一件傢伙，沒頭沒腦亂打。憑你什麼人勸解，他也全不作准※[12]，直要打個氣息。若不像意※[13]，還要咬上幾口，方纔罷手。因是恁般※[14]利害，奴僕們懼怕，都四散逃去，單單存得一個杜亮。論起蕭穎士，止存得這個家人種兒，每事只該將就些纔是。誰知他是天生的性兒，使慣的氣兒，打溜的手兒，竟沒絲毫更改，依然照舊施行。起先奴僕眾多，還打了那個，空了這個。到得禿禿裡※[15]獨有杜亮時，反覺打得勤些。論起杜亮，遇著這般難理會※[16]的家主，也該學眾人逃走去罷了，偏又寸步不離，甘心受他的責罰。常常打得皮開肉綻、頭破血淋，也再無一點退悔之念，一句怨恨之言。打罷起來，整一整衣裳，忍著疼痛，依原在傍答應。

說話的，據你說，杜亮這等奴僕，莫說千中選一，就是走盡天下，也尋不出個對兒。這蕭穎士又非黑漆皮燈、泥塞竹管，是那一竅不通的蠢物；他須是身登黃甲※[17]、位列朝班、讀破萬卷明理的才人，難道恁般不知好歹，一味蠻打，沒一點仁慈改悔之念不成？

✦兩個唐代僕人陶俑。（圖片攝影、來源：Daderot）

看官有所不知，常言道得好：「江山易改，稟性難移。」那蕭穎士平昔原愛杜亮小心馴謹※18，打過之後，深自懊悔道：「此奴隨我多年，並無十分過失，如何只管將他這樣毒打？今後斷然不可！」到得性發之時，不覺拳腳又輕輕的生在他身上去了。這也不要單怪蕭穎士性子急躁，誰教杜亮剛聞得叱喝一聲，恰如小鬼見了鍾馗※19一般，撲禿的兩條腿就跪倒在地。蕭穎士本來是個好打人的，見他做成這個要打局面，少不得奉承※20幾下。

杜亮有個遠族兄弟杜明，就住在蕭家左邊。因見他常打得這個模樣，心下倒氣不過，攛掇※21杜亮道：「凡做奴僕的，皆因家貧力薄，自難成立，故此投靠人家。

註

※11隨分掣：隨便拿取。掣，讀作「徹」。抽取。引用《中華民國教育部重編國語辭典修訂本》

※12作准：允許。

※13不像意：不滿意。

※14恁般：這樣。恁，讀作「任」。

※15禿禿裡：比喻單獨。

※16難理會：不分青紅皂白，不講道理。

※17黃甲：科舉進士及第。因科舉甲科進士及第的名單用黃紙來書寫，故稱。

※18馴謹：和順謹慎。

※19鍾馗：民間傳說中能驅妖逐邪的神。馗，讀作「葵」。

※20奉承：此處為奉送之意。

※21攛掇：讀作「ㄘㄨㄢ˙ㄉㄨㄛ」。慫恿，從旁煽動、勸誘人去做某事。

一來貪圖現成衣食，二來指望家主有個發跡之日，帶挈※22風光，摸得些東西，做個小小家業，快活下半世。像阿哥如今隨了這措大※23，早晚辛勤服事，竭力盡心，並不見一些好處，只落得常受他凌辱痛楚。恁樣不知好歹的人，跟他有何出息？他家許多人都存住不得，各自四散去了；你何不也別了他，另尋頭路？有多少不如你的，投了大官府人家，吃好穿好，還要作成趁一貫兩貫。走出衙門前，誰不奉承？那邊纔叫：『某大叔，有些小事相煩』。還未答應時，這邊又叫：『某大叔，我也有件事兒勞動』。真個應接不暇，何等興頭。若是阿哥這樣，肚裡又明白，筆下又來得，做人且又溫存小心，走到勢要人家，怕道不是重用？你那措大雖然中個進士，發利市※24就與李丞相作對，被他弄來坐在家中，料道也沒個起官的日子，有何撇不下，定要與他纏帳※25？」杜亮道：「這些事，我豈不曉得？若有此念，早已去得多年了，何待吾弟今日勸諭。古語云：『良臣擇主而事，良禽擇木而棲。』奴僕雖是下賤，也要擇個好使頭。像我主人，止是性子躁急；除此之外，只怕舍了他，沒處再尋得第二個出來。」杜明道：「滿天下無數官員宰相、貴戚豪家，豈有反不如你主人這個窮官？」杜亮道：「他們有的，不過是爵位、金

◆在中國新疆柏孜克里克千佛洞裡的一幅有關唐代商人行商的壁畫。（圖片攝影：Yann Forget）

銀二事。」杜明道：「只這兩樁儘勾[※26]了，還要怎樣？」杜亮道：「那爵位乃虛花之事，金銀是臭污之物，有甚希罕？如何及得我主人這般高才絕學，拈起筆來，頃刻萬言，不要打個稿兒。真個煙雲繚繞，華彩繽紛。我所戀戀不舍者，單愛他這一件兒。」杜明聽得說出愛他的才學，不覺呵呵大笑道：「且問阿哥：你既愛他的才學，到饑時可將來當得飯喫[※27]，冷時可作得衣穿麼？」杜亮道：「你又說笑話，才學在他腹中，如何濟得我的饑寒？」杜明道：「卻元來又救不得你的饑，又遮不得你的寒，愛他何用？當今有爵位的尚然只喜趨權附勢，沒一個肯憐才惜學。你我是個下人，但得飽食煖衣，尋覓些錢鈔做家，乃是本等；卻這般迂闊，愛什麼才學，情願受其打罵，可不是個呆子？」◎1杜亮笑道：「金銀我命裡不曾帶來，不做這個指望，還只是守舊。」杜明道：「想是打得你不爽利？故此尚要捱他的棍棒。」杜亮道：「多承賢弟好情，可憐我做兄的。但我主這般博奧才學，總然打死，也甘

註

※22帶挈：帶領。
※23措大：家境困苦清貧的讀書人，是貶義詞。
※24發利市：商人用詞，指開業後做的頭筆生意，此處指當官後第一件事。
※25纏帳：死纏爛打不罷休。
※26勾：讀作「夠」，足夠，同「夠」。
※27喫：同「吃」。

眉批

◎1：有爵位者，不知憐才惜學，而憐惜反出自下人。才人學士，至此可隕涕已。（可一居士）

心服事他。」遂不聽杜明之言，仍舊跟隨蕭穎士。不想今日一頓拳頭，明日一頓棒子，打不上幾年，把杜亮打得漸漸遍身疼痛，口內吐血，成了個傷癆症候。初日還強勉趨承，次後打熬不過，半眠半起。又過幾時，便久臥床席。那蕭穎士見他嘔血，情知是打上來的，心下十分懊悔，指望還有好的日子。請醫調治，親自煎湯送藥。捱了兩月，嗚呼哀哉！蕭穎士想起他平日的好處，只管涕泣，備辦衣棺埋葬。蕭穎士日常虧杜亮服事慣了，到得死後，十分不便，央人四處尋覓僕從。因他打人的名頭出了，那個肯來跟隨？就有個肯跟他的，也不中其意。有時讀書到忘懷之處，還認做杜亮在傍；抬頭不見，便掩卷而泣。後來蕭穎士知得了杜亮當日不從杜明這班說話，不覺氣咽胸中，淚如泉湧。大叫一聲：「杜亮！我讀了一世的書不曾遇著個憐才之人，終身淪落。誰想你倒是我的知己，卻又有眼無珠，枉送了你性命，我之罪也！」言還未畢，口中的鮮血，往外直噴。自此也成了個嘔血之疾，將書籍盡皆焚化，口中不住的喊叫杜亮，病了數月，也歸大夢。遺命教遷杜亮與他同葬。◎2有詩為證：

納賄趨權步步先，高才曾見幾人憐。

✦清畫家閔貞描繪唐代詩人盧仝與僕人席地煮茶休憩的情景。（圖片來源：Cleveland Museum of Art）

當路若能如杜亮，草萊安得有遺賢？

說話的，這杜亮愛才戀主，果是千古奇人。然看起來，畢竟還帶些腐氣，未為全美；若有別椿希奇故事、異樣話文，再講回出來。

列位看官穩坐著，莫要性急。適來小子道這段小小故事，原是入話※28，還未曾說到正傳。那正傳卻也是個僕人。他比杜亮更是不同，曾獨力與孤孀主母掙起個天大家事，替主母嫁三個女兒，與小主人娶兩房娘子。到得死後，並無半文私蓄，至今名垂史冊。待小子慢慢的道來，勸諭那世間為奴僕的，也學這般盡心盡力，幫家做活，傳個美名。莫學那樣背恩反噬、尾大不掉的，被人唾罵。你道這般話文，出在那個朝代？什麼地方？原來就在本朝嘉靖爺※29年間，浙江嚴州府※30淳安縣，離城數里，有個鄉村，名曰錦沙村。村上有一姓徐的，莊家恰是弟兄三個：大的名徐言，次的名徐召，各生得一子。第三個名徐哲，渾家顏氏，倒生得二男三女。他弟兄三人，奉著父親遺命，合鍋兒喫飯，并力的耕田，掙下一頭牛兒、一騎馬兒。

註

※28入話：宋、元時代說書人在講述正文之前，會說一段與正文有關的小故事作為開場白。

※29嘉靖爺：指明世宗朱厚熜，年號嘉靖（西元一五二二年至一五六六年）。

※30嚴州府：古代府名。今杭州市西南部。

眉批

◎2：有此知己同葬，九泉亦瞑目矣。（可一居士）

又有一個老僕，名叫阿寄，年已五十多歲，夫妻兩口，也生下一個兒子，還只有十來歲。那阿寄也就是本村生長，當先因父母喪了，無力殯殮，故此賣身在徐家。為人忠謹小心，朝起晏眠※31，勤於種作。徐言的父親大得其力，每事優待。到得徐言輩掌家，見他年紀老了，便有些厭惡之意。那阿寄又不達時務，遇著徐言弟兄行事有不到處，便苦口規諫。徐哲尚肯服善，聽他一兩句◎3；那徐言、徐召，是個自作自用的性子，反怪他多嘴擦舌※32，高聲叱喝，有時還要奉承幾下消食※33拳頭。阿寄的老婆勸道：「你一把年紀的人了，諸事只宜退縮，算他們是後生家世界，時時新，局局變，由他自去主張罷了，何苦定要多口，常討恁樣凌辱？」阿寄道：「我受老主之恩，故此不得不說。」婆子道：「累說不聽，這也怪不得你了。」自此，阿寄聽了老婆言語，緘口結舌，再不干預其事，也省了好些恥辱。正合著古人兩句言語，道是：「閉口深藏舌，安身處處牢。」

不則一日，徐哲忽地患了個傷寒症候，七日之間，即便了帳。那時就哭殺了顏氏母子，少不得衣棺盛殮，做些功果追薦。過了

◆明代畫家戴進的《春耕圖》。戴進是杭州人，所繪的春耕圖可見當地農夫耕種景況。

兩月，徐言與徐召商議道：「我與你各只一子，三兄弟到有兩男三女，一分就抵著我們兩分。便是三兄弟在時，一般耕種，還算計不就，何況他已死了。我們日夜喫辛喫苦掙來，卻養他一窩子喫死飯的。如今還是小事，到得長大起來，你我兒子婚配了，難道不與他婚男嫁女？豈不比你我反多去四分。意欲即今三股分開，撇脫了這條爛死蛇，由他們有得喫，沒得喫，可不與你我沒干涉了。只是當初老官兒※34遺囑教道莫要分開，今若違了他言語，被人談論，卻怎地處？」那時徐召若是個有仁心的，便該勸徐言休了這念纔是。誰知他的念頭，一發起得久了，聽見哥子說出這話，正合其意，乃答道：「老官兒雖有遺囑，不過是死人說話了，須不是聖旨，違背不得的。況且我們的家事，那個外人敢來談論！」徐言連稱有理。即將田產家私，都暗地配搭停當，只揀不好的留與侄子。徐言又道：「這牛馬卻怎地分？」徐召沉吟半晌，乃道：「不難，那阿寄夫妻年紀已老，漸漸做不動了。活時倒有三個喫死飯的，死了又要賠兩口棺木。把他也當作一股，派與三房裡，卸了這干系，可不是好？」

註

※31朝起晏眠：形容起得早睡得晚。
※32多嘴擦舌：多言多語，不該說而說。
※33消食：幫助消化。
※34老官兒：對老者的稱呼，此處指老父。

眉批

◎3：起手便與徐哲有緣。（可一居士）

計議已定，到次日備些酒肴，請過幾個親鄰坐下，又請出顏氏並兩個侄兒。那兩個孩子，大的纔得七歲，喚做福兒，小的五歲，叫做壽兒，隨著母親直到堂前，連顏氏也不知為甚緣故？只見徐言弟兄立起身來道：「列位高親在上，有一言相告：昔年先父原沒甚所遺，多虧我弟兄掙得些小產業，只望弟兄相守，到老傳至子侄這輩分析※35。不幸三舍弟近日有此大變，弟婦又是個女道家，不知產業多少。況且人家消長不一，到後邊多掙得，分與舍侄便好。萬一消乏※36了，那時只道我們有甚私弊，欺負孤兒寡婦，反傷骨肉情義了。故此我兄弟商量，不如趁此完美之時，分作三股，各自領去營運，省得後來爭多競少。特請列位高親來作眼。」遂向袖中摸出三張分書來，說道：「總是一樣配搭，至公無私，只勞列位著個花押。」

顏氏聽說要分開自做人家，眼中撲簌簌珠淚交流，哭道：「二位伯伯，我是個孤孀婦人，兒女又小，就是沒腳蟹一般，如何撐持的門戶？昔日公公原分付莫要分開，還是二位伯伯總管在那裡，扶持兒女大了，但憑胡亂分些便罷，決不敢爭多競少。」徐召道：「三娘子，

✦明代佛教繪畫，主題為「往古孝子順孫等眾」。

天下無有不散筵席，就合上一千年，少不得有個分開日子。公公乃過世的人了，他的說話，那裡作得准？大伯昨日要把牛馬分與你，我想姪兒又小，那個去看養？故分阿寄來幫扶。他年紀雖老，觔※37力還健，賽過一個後生家種作哩！那婆子績麻紡線，也不是吃喫死飯的，這孩子再耐他兩年，就可下得田了，你不消愁得。」◎4顏氏見他弟兄如此，明知已是做就，料道拗他不過，一味啼哭。那些親鄰看了分書，雖曉得分得不公道，都要做好好先生，那個肯做閒冤家出尖※38說話？一齊著了花押※39，勸慰顏氏收了進去，入席飲酒。有詩為證：

分書三紙語從容，人畜均分稟至公。
老僕不如牛馬用，擁孤孀婦泣西風。

卻說阿寄，那一早差他買東買西，請張請李，也不曉得又做甚事體。恰好在

註
※35分析：分家。
※36消乏：虧本、賠錢。
※37觔：肌肉、筋骨。同今筋字，是筋的異體字。
※38出尖：出頭。
※39花押：在文書、契約上所簽的名字或記號。

眉批
◎4：私心假爲公道，小人之言不足信如此。(可一居士)

南村去請個親戚回來時，裡邊事已停妥。剛至門口，正遇見老婆。那婆子恐他曉得了這事，又去多言多語，扯到半邊分付道：「今日是大官人分撥家私，你休得又去閒管，討他的怠慢！」阿寄聞言，喫了一驚，說道：「當先老主人遺囑不要分開，如何見三官人死了，就撇開這孤兒寡婦，教他如何過活？我若不說，再有何人肯說？」轉身就走。婆子又扯住道：「清官也斷不得家務事，適來許多親鄰，都不開口；你是他人手下，又非甚麼高年族長，怎好張主？」阿寄道：「話雖有理，但他們分得公道，便不開口，若有些欺心，就死也說不得也要講個明白。」又問道：「可曉得分我在那一房？」婆子道：「這倒不曉得。」阿寄走到堂前，見眾人喫酒，正在高興，不好遽然※40問得，站在傍邊。間壁一個鄰家，抬頭看見，便道：「徐老官，你如今分在三房裡了，他是孤孀娘子，須是竭力幫助便好。」阿寄隨口答道：「我年紀已老，做不動了。」口中便說，心下暗轉道：「原來撥我在三房裡，一定他們道我沒用了，借手推出的意思；我偏要爭口氣，掙個事業起來，也不被人恥笑。」遂不問他們分析的事，一逕轉到顏氏房門口，聽得在內啼哭。阿寄立住腳聽時，顏氏哭道：「天啊！只道與你一竹竿到底，白頭相守，那裡說起半路上就拋撇了，遺下許多兒女，無依無靠。還指望倚仗做伯伯的扶養長大；誰知你骨肉未寒，便分撥開來。如今教我沒投沒奔，怎生過日？」又哭道：「就是分的田產，他們通是亮裡，我是暗中憑他們分派，那裡知得好歹？只一件上，已見他們的腸子狠了。那牛兒可以耕種，馬兒可僱倩※41與人，只揀兩件有利息的拿了去，卻推兩個老頭兒與我，反要費我的衣食。」

那老兒聽了這話，猛然揭起門簾叫道：「三娘，你道老奴單費你的衣食，不及牛馬的力麼？」顏氏魆地※42裡被他鑽進來，說這句話，到驚了一跳，收淚問道：「你怎地說？」阿寄道：「那牛馬每年耕種，僱倩不過有得數兩利息，還要賠個人去餵養跟隨。若論老奴，年紀雖老，精力未衰，路還走得，苦也受得。那經商道業雖不曾做，也都明白。三娘急急收拾些本錢，待老奴出去做些生意，一年幾轉其利，豈不勝似馬牛數倍！就是我的婆子平昔又勤於紡織，亦可少助薪水之費。那田產莫管好歹，把來放租，與人討幾擔穀子，做了樁主※43。三娘同姐兒們，也做些活計，將就度日，不要動那貲本※44。營運數年，怕不掙起個事業，何消愁悶？」顏氏見他說得有些來歷，乃道：「若得你如此出力，可知好哩。但恐你有了年紀，受不得辛苦。」阿寄道：「不瞞三娘說，老便老，健還好，眠得遲，起得早。只怕後

註

※40遽然：忽然、突然。
※41僱倩：出租、租借。
※42魆地：暗地、私下。魆，讀作「續」。
※43樁主：根本、基礎。
※44貲本：本錢、本金。貲，通「資」。財物、錢財。

生家還趕我不上哩！這到不消慮得。」顏氏道：「你打帳※45做甚生意？」阿寄道：「大凡經商，本錢多便大做，本錢少便小做。須到外邊去看，臨期著便，見景生情，只揀有利息的就做，不是在家論得定的。」顏氏道：「說得有理，待我計較起來。」阿寄又討出分書，將分下的傢伙，照單逐一點明，搬在一處。然後走至堂前答應。眾親鄰直飲至晚方散。

次日，徐言即喚個匠人，把房子兩下夾斷，教顏氏另自開個門戶出入。顏氏一面整頓家中事體，自不必說。一面將簪釵衣飾，悄悄教阿寄去變賣，共湊了十二兩銀子。顏氏把來交與阿寄道：「這些小東西，乃我盡命之資，一家大小俱在此上。今日交付與你。大利息原不指望，但得細微之利，也就勾了。臨事務要斟酌，路途亦宜小心些，切莫有始無終，反被大伯們恥笑。」口中便說，不覺淚隨言下。阿寄道：「但請放心，老奴自有見識在此，管情不負所託。」顏氏又可道：「還是幾時起身？」阿寄道：「今本錢已有了，明早就行。」顏氏道：「可要揀個好日？」阿寄道：「我出去做生意，便是好日子了，何必又揀？」◎5即把銀子藏在兜肚之中，走到自己房裡，向婆子道：「我明早要出門去做生意，可將舊衣舊裳打疊在一處。」元來阿寄止與主母計議，連老婆也不通他知道。這婆子見驀地說出那句話，也覺駭

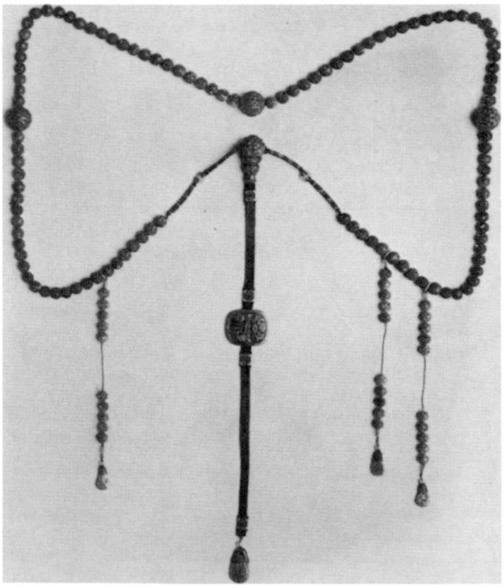

✦1916年的拍賣目錄中的中國明代首飾照片。

然，問道：「你往何處去？做甚生意？」阿寄方把前事說與。那婆子道：「阿呀！這是那裡說起？你雖然一把年紀，那生意行中，從不曾著腳。卻去弄虛頭※46、說大話，兜攬這帳。孤孀娘子的銀兩，是苦惱東西，莫要把去弄出個話靶※47，連累他沒得過用，豈不終身抱怨？不如依著我，快快送還三娘，拼得早起晏眠，多喫些苦兒，照舊耕種幫扶，彼此倒得安逸。」阿寄道：「婆子家曉得什麼？只管胡言亂語！那見得我不會做生意，弄壞了事，要你未風先雨。」遂不聽老婆，自去收拾了衣服被窩，卻沒個被囊，只得打個包兒，又做起一個纏袋※48，準備些乾糧。又到市上買了一頂雨傘、一雙麻鞋，打點完備。

次早，先到徐言、徐召二家，說道：「老奴今日要往遠處去做生意，家中無人照管，雖則各分門戶，還要二位官人，早晚看顧。」徐言二人聽了，不覺暗笑，答道：「這倒不消你叮囑，只要賺了銀子回來，送些人事與我們。」阿寄道：「這個自然。」轉到家中，喫了飯食，作別了主母，穿上麻鞋，背著包裹、雨傘，又分付老婆早晚須是小心。臨出門，顏氏又再三叮嚀，阿寄點頭答應，大踏步去了。

註

※45打帳：打算、預備。
※46弄虛頭：搞花樣、耍手段。
※47話靶：可被拿來談笑的把柄。
※48纏袋：纏在腰部細細長長的帶子，中間有口袋，可用來放置錢財。

眉批

◎5：老年而有壯氣，何事不成。（可一居士）

且說徐言弟兄，等阿寄轉身後，都笑道：「可笑那三娘子沒好見識，有銀子做生意，卻不與你我商量，到聽阿寄這老奴才的說話。我想他生長已來，何曾做慣生意？哄騙孤孀婦人的東西，自去快活，這本錢可不白白送落！」徐召道：「便是當初合家時，卻不把出來營運，如今纔分得，即教阿寄做客經商。我想，三娘子又沒甚妝奩※49，這銀兩定然是老官兒存日，三兄弟剋剝下的，今日方纔出豁※50。◎6總之，三娘子瞞著你我做事，若說他不該如此，反道我們妒忌了，且待阿寄折本回來，那時去笑他。」正是：

雲端看廝殺，畢竟孰輸贏？
路遙知馬力，日久見人心。

再說阿寄離了家中，一路思想：「做甚生理※51便好？」忽地轉著道：「聞得

◆阿寄穿上麻鞋，背著包裹、雨傘，又分付老婆早晚須是小心。臨出門，顏氏又再三叮嚀，阿寄點頭答應，大踏步去了。（古版畫，選自《今古奇觀》明末吳郡寶翰樓刊本。）

販漆這項道路，頗有利息，況又在近處，何不去試他一試？」定了主意，一徑直至慶雲山中。原來採漆之處，原有個牙行※52。阿寄就行家住下。那販漆的客人，卻也甚多，都是挨次兒打發。阿寄想道：「若慢慢的挨去，可不擔擱了日子，又費去盤纏。」心生一計，捉個空，扯主人家到一村店中，買三盃請他，說道：「我是個小販子，本錢短少，守日子不起的。望主人家看鄉里分上，怎地設法先打發我去。那一次來，大大再整個東道請你。」也是理合當然，那主人家卻正撞著是個貪盃的，喫了他的軟口湯※53，不好回得，一口應承。當晚就往各村戶湊足其數，裝裹停當。恐怕客人們知得嗔怪，倒寄在鄰家放下。次日起個五更，打發阿寄起身。那阿寄發利市就得了便宜，好不喜歡。教腳夫挑出新安江口。又想道：「杭州離此不遠，定賣不起價錢。」遂雇船直到蘇州。正遇在缺漆之時，見他的貨到，猶如寶貝一般。不夠三日，賣個乾淨，一色都是見※54銀，並無一毫賒帳。除去盤纏使用，足足賺

註

※49粧奩：嫁妝。奩，讀作「連」，指女子陪嫁的物品。
※50出豁：解決困難的辦法。
※51生理：生意、買賣。
※52牙行：代客人採買或販售貨品，從中抽取佣金的店舖或個人。
※53軟口湯：贈與錢財以賄賂他人，使之無法拒絕自己的要求。
※54見：通「現」。

眉批

◎6：以己心，度人心。（可一居士）

個對合※55有餘。暗暗感謝天地，即忙收拾起身。又想道：「我今空身回去，須是趁船，這銀兩在身邊，反擔干係。何不再販些別樣貨去，多少尋些利息也好。」打聽得楓橋秈米※56，到得甚多，登時落了幾分行錢。乃道：「這販米生意，量來必不喫虧。」遂糴※57了六十多擔秈米，載到杭州出脫。那時乃七月中旬，杭州有一個月不下雨，稻苗都乾壞了，米價騰湧。阿寄這載米，又值在巧裡，每一擔長了二錢，又賺十多兩銀子。自言自語道：「且喜做來生意，頗頗順溜，想是我三娘福分到了。」卻又想道：「既在此間，怎不去問問漆價？若與蘇州相去不遠，也省好些盤纏。」細細訪問時，比蘇州反勝。你道為何？原來販漆的，都道杭州路近價賤，俱往遠處去了，杭州倒時常短缺。常言道：「貨無大小，缺者便貴。」故此比別處反勝。阿寄得了這個消息，喜之不勝，星夜趕到慶雲山，已備下些小人事送與主人家，依舊又買三盃相請。那主人家得了些小便宜，喜逐顏開，一如前番，悄悄先打發他轉身。到杭州也不消三兩日，就都賣完。計算本利，果然比起先這一帳，又多幾兩，只是少了那回頭貨的利息。乃道：「下次還到遠處去。」與牙人算清了帳目，收拾起程，想道：「出門好幾時了，三娘必然掛念，

秈稻或稱秈米，亦有稱絲苗米（港澳）或在來米（台灣），是稻米的一個亞種。

且回去回覆一聲，也教他放心。」又想道：「總是收漆要等候兩日，何不先到山中，將銀子教主人家一面先收，然後回家，豈不兩便？」定了主意，到山中把銀兩付與牙人，自己趕回家去。正是：

先收漆貨兩番利，初出茅廬第一功。

且說顏氏自阿寄去後，朝夕懸掛，常恐他消折了這些本錢，懷著鬼胎。耳根邊又聽得徐言弟兄在背後攧唇簸嘴※58，愈加煩惱。一日正在房中悶坐，忽見兩個兒子亂喊進來道：「阿寄回家了。」顏氏聞言，急走出房，阿寄早已在面前。他的老婆也隨在背後。阿寄上前，深深唱個大喏※59。顏氏見了他，反增著一個蹬心拳頭※60，胸前突突的亂跳，誠恐說出句掃興話來。便問道：「你做的是什麼生意？

註

※55對合：利息和本錢相等。（參考李平校注，《今古奇觀》，三民書局出版。）
※56秈米：秈稻所碾出的米。形長而細，黏性較小。俗稱的「在來米」即屬於秈稻類型的米。
※57糴：買進穀物。
※58攧唇簸嘴：在背後嚼人舌根，說三道四，搬弄是非。
※59唱大喏：作揖時鞠躬較深且口中稱謝，表示對對方的敬重。
※60蹬心拳頭：此指心中爲了某事擔心，導致心緒不寧。

可有些利錢？」那阿寄叉手不離方寸，不慌不忙的說道：「一來感謝天地保佑，二來託賴三娘洪福，做的卻是販漆生意，賺得五六倍利息。如此如此，這般這般。恐怕三娘放不下，特歸來回覆一聲。」顏氏聽罷，喜從天降，問道：「如今銀子在那裡？」阿寄道：「已留與主人家收漆，不曾帶回。我明早就要去的。」那時，合家歡天喜地。阿寄住了一晚，次日清早起身，別了顏氏，又往慶雲山去了。

且說徐言弟兄，那晚在鄰家喫社酒醉倒，故此阿寄歸家，全不曉得。到次日齊走過來，問道：「阿寄做生意歸來，趁了多少銀子？」顏氏道：「好教二位伯伯知得：他一向販漆營生，倒覓得五六倍利息。」徐言道：「好造化！恁樣賺錢時，不夠幾年，便做財主哩！」顏氏道：「伯伯休要笑話，免得饑寒便夠了。」徐召道：「他如今在那裡？出去了幾多時？怎麼也不來見我？這樣沒禮。」顏氏道：「今早原就去了。」徐召道：「如何去得恁般急速？」徐言又問道：「那銀兩你可曾見見數麼？」顏氏道：「他說俱留在行家買貨，沒有帶回。」徐言呵呵笑道：「我只道本利已到手了，原來還是空口說白話，眼飽肚中饑。耳邊到說得熱哄哄，還不知本在那裡？利在何處？便信以為真。做經紀※61的人，左手不托

漆是從漆樹樹皮採集的乳白色黏稠性汁液採集而成，圖為漆樹照片。

右手，豈有自己回家，銀子反留在外人？據我看起來，多分這本錢弄折了，把這鬼話哄你。」◎7徐召也道：「三娘子，論起你家做事，不該我們多口。但你終是女眷家，不知外邊世務，既有銀兩，也該與我二人商量，買幾畝田地，還是長策。那阿寄曉得做甚生意？卻瞞著我們，將銀子與他出去瞎撞。我想，那銀兩不是你的妝奩，也是三兄弟的私蓄，須不是偷來的，怎看得恁般輕易！」二人一吹一唱，說得顏氏心中啞口無言，心下也生疑惑，委決不下。把一天歡喜，又變為萬般愁悶。按下此處不題。

再說阿寄這老兒，急急趕到慶雲山中，那行家已與他收完，點明交付。阿寄此番不在蘇杭發賣，徑到興化※62地方，利息比這兩處又好。賣完了貨，打聽得那邊米價，一兩三擔，斗斛又大。想起杭州旱今荒歉※63，前次糴客販的去，尚賺了錢，今在出處販去，怕不有一兩個對合？遂裝上一大載米，至杭州准准糶了一兩二錢一石，斗斛上多來，恰好頂著船錢使用。那時到山中收漆，便是大客人了，主人家好不奉承。一來是顏氏命中合該造化，二來也虧阿寄經營伶俐，凡販的貨物，定獲厚

註

※61經紀：做生意。
※62興化：此處可能指河北或福建地方。福建莆田市，古稱興化。河北興化縣，今河北省承德市西南、灤平縣西。
※63荒歉：荒年歉收。

眉批

◎7：二徐所言，本世情之常，但非所以律寄老耳。（可一居士）

利。一連做了幾帳，約有二千餘金。看看捱著殘年，算計道：「我一個孤身老兒，帶著許多財物，不是耍處※64。倘有差跌，前功盡棄。況且年近歲逼，家中必然懸望，不如回去，商議置買些田產，做了根本，將餘下的，再出來運算。」

此時他出路行頭※65，諸色盡備；把銀兩逐封緊緊包裹，藏在順袋※66中。水路用舟，陸路雇馬，晏行早歇，十分小心。非止一日，已到家中，把行李馱入。婆子見老公回了，便去報知顏氏。那顏氏一則以喜，一則以懼。所喜者，阿寄回來；所懼者，未知生意長短若何？因向日被徐言弟兄奚落了一場，這番心裡，比前更是著急。三步並作兩步，奔至外廂，望見了這堆行李，料道不像個折本的，心上就安了一半。終是忍不住，便問道：「這一向生意如何？銀兩可曾帶回？」阿寄近前見了個禮，說道：「三娘不要性急，待我慢慢的細說。」教老婆頂上了門，把行李盡搬至顏氏房打開，將銀子逐封交與顏氏。顏氏見著那許多銀子，喜出望外，連忙開箱啟籠收藏。阿寄方把往來經營的事說出。顏氏因怕惹

◆阿寄返家，正話間，外面鬧鬧聲叩門，原來卻是徐言弟兄，聽見阿寄歸了，特來打探消耗。（古版畫，選自《今古奇觀》明末吳郡寶翰樓刊本。）

是非，徐言當日的話，一句也不說與他知道，但連稱：「都虧你老人家氣力了，且去歇息則個。」◎8又分付：「那伯們倘來問起，不要與他講真話。」阿寄道：「老奴理會得。」正話間，外面閛閛※67聲叩門，原來卻是徐言弟兄，聽見阿寄歸了，特來打探消耗。阿寄上前作了兩個揖。徐言道：「前日聞得你生意十分旺相，今番又趁若干利息？」阿寄道：「老奴託賴二位官人洪福，除了本錢盤費，乾淨趁得四五十兩。」徐召道：「阿呀！前次便說有五六倍利了，怎地又去了許多時，反少起來？」徐言道：「且不要問他趁多趁少，只是銀子今次可曾帶回？」阿寄道：「已交與三娘了。」二人便不言語，轉身出去。

再說阿寄與顏氏商議，要置買田產，悄地央人尋覓。大抵出一個財主，生一個敗子。◎9那錦沙村有個晏大戶，家私豪富，田產廣多。單生一子，名為世保，取世守其業的意思。誰知這晏世保專於闞※68賭，把那老頭兒活活氣死。合村的人，道他是個敗子，將晏世保三字，順口改為獻世寶。那獻世寶同著一班無藉※69，朝歡

註

※64耍處：可以輕忽的事。
※65出路行頭：出遠門必須準備的衣物用品。（參考李平校注，《今古奇觀》，三民書局出版。）
※66順袋：掛在腰際的小袋子，上面飾有繡花圖案。
※67閛閛：讀作「烹」，擬聲詞，此處形容敲門的聲音。
※68闞：讀作「嫖」。同今嫖字，是嫖的異體字。
※69無藉：成天遊手好閒，沒有職業的人。

眉批

◎8：顏氏謹言忍氣，亦像個守財主母。（可一居士）
◎9：「出一個財主，便生一個敗子」，此其故何也？請做財主的自想。（可一居士）

暮樂，弄完了家中財物，漸漸搖動產業。道是零星賣來不夠用，索性賣一千畝，討價三千餘兩，又要一注兒交銀。那村中富者雖有，一時湊不起許多銀子，無人上樁※70。延至歲底，獻世寶手中越覺乾逼，情願連一所莊房，只要半價。阿寄偶然聞得這個消息，即尋中人去討個經帳※71，恐怕有人先成了去，就約次日成交。獻世寶聽得有了售主，好不歡喜。平日一刻也不著家的，偏這日足跡不敢出門，呆呆的等候中人同往。

且說阿寄料道獻世寶是愛喫東西的，清早便去買下佳肴美醞，喚個廚夫安排。又向顏氏道：「今日這場交易，非同小可。三娘是個女眷家，兩位小官人又幼，老奴又是下人，只好在傍說話，難好與他抗禮，須請間壁大官人弟兄來作眼，方是正理。」◎10顏氏道：「你就過去請一聲。」阿寄即到徐言門首，弟兄正在那裡說話。阿寄道：「今日三娘買幾畝田地，特請二位官人來張主。」二人口中雖然答應，心內又怪顏氏不托他尋覓，好生不樂。徐言說道：「既要買田，如何不托你我？又教阿寄張主。直至成交，方纔來說。只是這村中，沒有什麼零星田賣。」徐召道：「不必猜疑，少頃便見著落了。」二人坐於門首，等至午前光景，只見獻世寶同著幾個中人、兩個小廝，拿著拜匣，一路拍手拍腳的笑來，望著間壁門內齊走

✦明代婦女畫，繪者不明，圖中女子穿的是當時流行的比甲式樣。

進去。徐言弟兄看了，到喫一驚，都道：「咦！好作怪！聞得獻世寶要賣一千畝田，實價三千餘兩。不信他家有許多銀子！難道獻世寶又零賣一二十畝？」疑惑不定。隨後跟入，相見已罷，分賓而坐。阿寄向前說道：「晏官人田價，昨日已是言定，一依分付，不敢斷少。晏官人也莫要節外生枝，又更他說。」獻世寶亂嚷道：「大丈夫做事，一言已出，駟馬難追。若又有他說，便不是人養的了。」阿寄道：「既如此，先立了文契，然後兌銀。」那紙墨筆硯，準備得停停當當，拿過來就是。獻世寶拈起筆，盡情寫了一紙絕契※72，又道：「省得你不放心，先畫了花押何如？」阿寄道：「如此更好。」徐言兄弟看那契上，果是一千畝田、一所莊房，實價一千五百兩。嚇得二人面面相覷，伸出了舌頭，半日也縮不上去。都暗想道：「阿寄做生意，總是趁錢※73，也趁不得這些！莫不做強盜打劫的，或是掘著了藏？好生難猜。」中人著完花押，阿寄收進去交與顏氏。他已先借下一副天秤法碼，提來放在桌上，與顏氏取出銀子來兌，一色都是粉塊細絲。徐言、徐召眼內放出火，喉間煙也直冒，恨不得推開眾人，通搶回去。不一時兌完，擺出酒肴，飲至更深方

註

※70上樁：聯絡。即找不到買主之意。

※71經帳：古代販賣田產時，列明田產的詳細數據的明細表，如：經界、畝數、價格等。

※72絕契：賣斷的契約，不得贖回。

※73趁錢：賺錢。

眉批

◎10：又是阿寄知大體處。（可一居士）

散。

次日，阿寄又向顏氏道：「那莊房甚是寬大，何不搬在那邊居住？收下的稻子也好照管。」顏氏曉得徐言弟兄妒忌，也巴不能遠開一步，便依他說話，選了新正初六，遷入新房。阿寄又請個先生，教兩位小官人讀書，大的取名徐寬，次的名徐宏。家中收拾得十分次第※74。那些村中人，見顏氏買了一千畝田，都傳說掘了藏，銀子不計其數，連坑廁說來都是銀的，誰個不來趨奉。

再說阿寄，將家中整頓停當，依舊又出去經營。這番不專於販漆，但聞有利息的便做。家中收下米穀，又將來騰那※75。十年之外，家私巨富。那獻世寶的田宅，盡歸於徐氏。門庭熱鬧，牛馬成群。婢僕雇工人等，也有整百，好不興頭！正是：

富貴本無根，盡從勤裡得。
請觀懶惰者，面帶饑寒色。

那時顏氏三個女兒，都嫁與一般富戶。徐寬、徐宏，也各婚配。一應婚嫁禮物，盡是阿寄支持，不費顏氏絲毫

◆描繪明朝農業景象的畫作。

氣力。他又見田產廣多，差役煩重，與徐寬弟兄俱納個監生，優免若干田役※76。顏氏也與※77阿寄兒子完了姻事，又見那老兒年紀衰邁，留在家中照管，不肯放他出去，又派個馬兒與他乘坐。那老兒自經營以來，從不曾私喫一些好飲食，也不曾私做一件好衣服。寸絲尺帛，必稟命顏氏，方纔敢用。且又知禮數，不論族中老幼，見了必然站起。或乘馬在途中遇著，便跳下來，閃在路傍讓過去了，然後又行。因此遠近親鄰，沒一人不把他敬重。就是顏氏母子，也如尊長看承。那徐言、徐召，雖也挣起些田產，比著顏氏，尚有天淵之隔，終日眼紅頸赤。那老兒揣知二人意思，勸顏氏各助百金之物。又築起一座新墳，連徐哲父母一齊安葬。那老兒整整活到八十，患起病來，顏氏要請醫人調治，那老兒道：「人年八十，死乃分內之事，何必又費錢鈔。」執意不肯服藥。顏氏母子，不住在床前看視，一面準備衣衾棺槨。病了數日，勢漸危篤，乃請顏氏母子到房中坐下，說道：「老奴牛馬力已少盡，死亦無恨；只有一事，越分張主※78，不要見怪。」顏氏垂淚道：「我母子全虧

註

※74次第：井井有條。

※75騰那：此指販賣米穀的錢拿來做生意的資本。

※76優免若干田役：明代制度，秀才、監生，可享有免除某些稅賦與差役的優待。（參考李平校注，《今古奇觀》，三民書局出版。）

※77與：此處爲幫忙、給予之意。

※78張主：主張，作主。

你氣力，方有今日，有甚事體，一憑分付，決不違拗。」那老兒向枕邊摸出兩紙文書，遞與顏氏道：「兩位小官人年紀已長，後日少不得要分析。倘那時嫌多道少，便傷了手足之情。故此老奴久已將一應田房財物等件，均分停當，今日交付與二位小官人，各自去管業。」又叮囑道：「那奴僕中，難得好人，諸事須要自己經心，切不可重托。」顏氏母子，含淚領命。他的老婆兒子，都在床前啼啼哭哭，也囑付了幾句。忽地又道：「只有大官人、二官人不曾面別，終是欠事※79，可與我去請來。」顏氏即差個家人去請。徐言、徐召說道：「好時不直得幫扶我們，臨死卻來思想，可不扯淡！不去不去！」那家人無法，只得轉身。卻見徐宏親自奔來相請。二人滅不過※80侄兒面皮，勉強隨來。那老兒已說話不出，把眼看了兩看了，點點頭兒，奄然而逝。他的老婆、兒媳啼哭，自不必說。只這顏氏母子，俱放聲號慟；便是家中大小男女，念他平日做人好處，也無不下淚。惟有徐言、徐召反有喜色。可憐那老兒：

辛勤好似蠶成繭，繭老成絲蠶命休。
又似採花蜂釀蜜，甜頭到底被人收。

顏氏母子哭了一回出去，支持殯殮之事。徐言、徐召看見棺木堅固，衣衾整齊，扯徐寬弟兄到一邊，說道：「他是我家家人，將就些罷了，如何要這般好斷送？就是當初你家公公與你父親，也沒恁般齊整。」徐寬道：「我家全虧他掙起這些事業，若薄了他，肉心上也打不過去。」徐召道：「你老大的人，還是個呆子！這是你母子命中合該有此造化，豈真是他本事掙來的哩！還有一件：他做了許多年數，剋剝的私房，必然也有好些，怕道沒得結果？你卻挖出肉裡錢來，與他備後事。」徐宏道：「不要冤枉壞人！我看他平日一厘一毫，都清清白白，交與母親；並不見有什麼私房。」徐召又道：「做的私房藏在那裡，難道把與你看不成？若不信時，如今將他房中一檢，極少也有整千銀子。」徐寬道：「總有，也是他掙下的，好道拿他的不成？」徐言道：「雖不拿他的，見個明白也好。」

徐寬弟兄被二人說得疑疑惑惑，遂聽了他，也不通顏氏知道，一齊走至阿寄房中，把婆子們哄了出去，閉上房門，開箱倒籠遍處一搜，只有幾件舊衣舊裳，那有分文錢鈔！徐召道：「一定藏在兒子房裡，也去一檢。」尋出一包銀子，不上二兩。包中有個帳兒。徐寬仔細看時，還是他兒子娶妻時，顏氏動他三兩銀子，用剩下的。徐宏道：「我說他沒有什麼私房，卻定要來看，還不快收拾好了。倘被人撞

註

※79欠事：遺憾。

※80減不過：此指不能不給侄兒面子。

見，反道我們器量小了。」徐言、徐召自覺乏趣，也不別顏氏，徑自去了。徐寬又把這事，學向母親[※81]，愈加傷感。令合家掛孝，開喪受弔，多修功果追薦。七終[※82]之後，即安葬於新墳旁邊。祭葬之禮，每事從厚。顏氏主張將家產分一股與他兒子，自去成家立業，奉養其母；又教兒子們以叔侄相稱，此亦見顏氏不泯阿寄恩義的好處。那合村的人，將阿寄生平行誼，具呈府縣，要求府縣旌獎，以勸後人。府縣又加勘擬，申報上司，具疏奏聞於朝廷，旌表其閭。至今徐氏子孫繁衍，富冠淳安。詩云：

年老筋衰遜馬牛，千金致產出人頭。
托孤寄命眞無愧，羞殺蒼頭不義侯[※83]。

註

※81學向母親：對母親將此事學了一遍。
※82七終：俗稱「斷七」。人死後每七日請僧道誦經超渡亡魂，至七七四十九日則止，一共七次。
※83蒼頭不義侯：指背叛主人的僕人。典故出自《後漢書光武帝紀》，東漢光武帝劉秀所設置的封爵，用來嘲諷殺主的僕人。僕人子密背叛自己的主人彭寵，偷他的財物，並將首級獻給劉秀，因被封爲「不義侯」。

第二十六卷　蔡小姐忍辱報仇

酒可陶情適性，兼能解悶消愁。三盃五盞樂悠悠，痛飲翻能損壽。　謹厚化成兇險，精明變作昏流。禹疎儀狄※1豈無由。狂藥使人多咎。

這首詞名為〈西江月〉，是勸人節飲之語。今日說一位官員，只因貪盃上，受了非常之禍。話說那宣德※2年間，南直隸淮安府※3淮安衛，有個指揮姓蔡，名武，家資富厚，婢僕頗多。平昔別無所好，偏愛的是杯中之物。若一見了酒，連性命也不相顧，人都叫他做「蔡酒鬼」。因這件上，罷官在家。不但蔡指揮會飲，就是夫人田氏，卻也一般善酌。二人也不像個夫妻，倒像兩個酒友。偏生奇怪，蔡指

註

※1禹疎儀狄：夏禹時，一個叫儀狄的人發明釀酒技術。進獻禹，禹認爲後世必有因飲酒而亡國的君主，遂疏遠儀狄而絕旨酒。典故出自《戰國策・魏二》。疎，疏遠。同今「疏」字，是疏的異體字。

※2宣德：明宣宗朱瞻基的年號。（西元一四二六至一四三五年）

※3南直隸：今江蘇、安徽、上海兩省一市。淮安府：今江蘇省淮安市淮安區。明代隸屬南直隸。

揮夫妻都會飲酒，生得三個兒女，卻又滴酒不聞。那大兒蔡韜，次兒蔡略，年紀尚小。女兒倒有一十五歲，生時因見天上有一條虹霓，五色燦爛，正環在他家屋上，蔡武以為祥瑞，遂取名叫做瑞虹。那女子生得有十二分顏色，善能描龍畫鳳，刺繡拈花。不獨女工伶俐，且有智識才能，家中大小事體，倒是他掌管，因見父母日夕沉湎，時常規諫。蔡指揮那裡肯依。

話分兩頭。且說那時有個兵部尚書趙貴，當年未達時，住在淮安衛間壁，家道甚貧，勤苦讀書，夜夜直讀到雞鳴方臥。蔡武的父親老蔡指揮，愛他苦學，時常送柴送米資助。趙貴後來連科及第，直做到兵部尚書。思念老蔡指揮昔年之情，將蔡武特陞了湖廣荊襄等處游擊將軍※4，是一個上好的美缺，特地差人將文憑送與蔡武。蔡武心中歡喜，與夫人商議，打點擇日赴任。瑞虹道：「爹爹，依孩兒看起來，此官莫去做罷。」蔡武道：「卻是為何？」瑞虹道：「做官的一來圖名，二來圖利，故此千鄉萬里遠去。如今爹爹在家，日日只是吃酒，並不管一毫別事。倘若到任上，也是如此，

明代畫家陳洪綬《蕉林酌酒圖軸》。

那個把銀子送來？豈不白白裡乾折了盤纏辛苦，路上還要擔驚受怕。就是沒得銀子趁※5，也只算是小事，還有別樣要緊事體擔干係哩。」蔡武道：「除了沒銀子趁罷了，還有甚麼干係？」瑞虹道：「爹爹，你一向做官時，不知見過多少了，難道這樣事，倒不曉得？那游擊官兒，在武職裡，便算做美任；在文官上司裡，不過是個守令官，不時衙門伺候，東迎西接，都要早起晏眠。我想你平日在家，單管吃酒，自在慣了，倘到那裡，依原如此，豈不受上司責罰？這也還不算利害。或是汛地※6盜賊生發，差撥去捕獲；或者別處地方有警，調遣去出征，那時不是馬上，定是舟中，身披甲冑，手執戈矛，在生死關係之際，倘若終日一般吃酒，豈不把性命送了？不如在家安閒自在，快活過了日子，卻去討這樣煩惱吃！」蔡武道：「常言說得好，酒在心頭，事在肚裡，難道我真個單吃酒不管正事不成？只為家中有你掌管，我落得快活。到了任上，你替我不得時，自然著急，不消你擔隔夜憂。況且這樣美缺，別人用銀子謀幹，尚不能夠；如今承趙尚書一片好意，特地差人送上大門，我若不去做，反拂了這一段來意。我自有主意在此，你不要阻擋。」瑞虹見父

註

※4游擊將軍：明代鎮守重要地方的武官名，地位在總兵參將之下，執掌防守應援。（參考李平校注，《今古奇觀》，三民書局出版。）

※5趁：此處爲賺之意。

※6汛地：明、清時軍隊駐防的地區。引用《中華民國教育部重編國語辭典修訂本》

親立意要去，便道：「爹爹既然要去，把酒來戒了，孩兒方纔放心。」蔡武道：「你曉得我是酒養命的，如何全戒得住？只是少吃幾盃罷了。」遂說下幾句口號：

老夫性與命，全靠水邊酉。
寧可不吃飯，不可日無酒。
今聽汝忠言，節飲知謹守。
每常十遍飲，今番一加九。
每常飲十升，今番只一斗。
每常一氣吞，今番分兩口。
每常床上飲，今番地下走。
每常到三更，今番二更後。
再要裁減時，性命不值狗。

且說蔡武次日即教家人蔡勇，在淮關寫了一隻民座船，將衣飾細軟，都打疊帶去。粗重傢伙，封鎖好了，留一房家人看守。其餘童僕，盡隨往任所。又買了許多好酒，帶路上去吃。擇了吉日，備豬羊祭河，作別親戚，起身下船。艄公※7扯起

◆明代釉瓷酒壺，（圖片攝影：Hiart）

篷，由揚州一路進發。你道艄公是何等樣人？那艄公叫做陳小四，也是淮安府人，年紀三十已外，雇著一班水手，共有七人，喚做白滿、李癩子、沈鐵甏、秦小圓、何蠻二、余蛤蚆、凌歪嘴。這班人，都是兇惡之徒，專在河路上謀劫客商。不想今日蔡武晦氣，下了他的船隻。陳小四起初見發下許多行李，眼中已是放出火來。及至家小下船，又一眼瞧著瑞虹美豔，心中愈加消魂，暗暗算計：且遠一步兒下手，省得在近處，容易露人眼目。

不一日，將到黃州，乃道：「此去正好行事了，且與眾兄弟們說知。」走到艄上，對眾水手道：「艙中一注大財事，不可錯過，趁今晚取了罷。」眾人笑道：「我們有心多日了，因見阿哥不說起，只道讓同鄉分上不要了。」陳小四道：「因一路來沒個好下手處，造化他多活了幾日。」眾人道：「他是個武官出身，從人又眾，不比其他，倒要用心。」陳小四道：「他出名的蔡酒鬼，有什麼用？少停，等他喫酒到分際，放開手砍他娘罷了。只饒了這小姐，我要留他做個押艙娘子。」

商議停當，少頃到黃州江口泊住，買了些酒肉，安排起來。眾水手喫個醉飽，揚起滿帆，那舟如箭發。那一日正是十五，剛到黃昏，一輪明月，如同白晝。至一

註

※7艄公：船夫。艄，讀作「燒」。

空闊之處，陳小四道：「眾兄弟，就此處罷，莫向前了。」霎時間，下篷抛錨，各執器械，先向前艙而來。迎頭遇著一個家人，那家人見勢頭來得兇險，叫聲：「老爺不好了！」說時遲，那時快，叫聲未絕，頂門上已遭一斧，翻身跌倒。那些家人，一個個都抖衣而顫，那裡動彈得，被眾強盜刀砍斧切，連排價※8殺去。那蔡武自從下船之後，初時幾日，酒還少吃；以後覺道無聊，夫妻依先大酌，瑞虹勸諫不止。那一晚，與夫人開懷暢飲，酒量已喫到九分，忽聽得前艙發喊。瑞虹急叫丫鬟來看，那丫鬟嚇得寸步難移，叫道：「老爺，前艙殺人哩！」蔡奶奶驚得魂不附體，剛剛立起身來，眾兇徒已趕進艙。蔡武兀自朦朧醉眼，喝道：「我老爺在此，那個敢？」沈鐵甏早把蔡武一斧砍倒。眾男女一齊跪下道：「金銀任憑取去，但求饒命。」眾人道：「兩件都是要的。」陳小四道：「也罷，看同鄉情上，饒他砍頭，與他個全屍罷了。」即叫快取索子。兩個奔向後艄，取出索子，將蔡武夫妻二子，一齊綁起，止空瑞

◆眾兇徒將蔡武夫妻二子，一齊綁起，都抛入江中去了。（古版畫，選自《今古奇觀》明末吳郡寶翰樓刊本。）

虹。蔡武哭對瑞虹道：「不聽你言，致有今日。」聲猶未絕，都攛※9向江中去了。其餘丫鬟等婢，一刀一個，殺個乾淨。有詩為證：

金印將軍酒量高，綠林暴客逞雄豪。
無情波浪兼天湧，疑是胥江起怒濤※10。

瑞虹見合家都殺，獨不害他，料然必來污辱。奔出艙門，望江中便跳。陳小四放下斧頭，雙手抱住道：「小姐不要驚恐，還你快活。」瑞虹大怒，罵道：「你這班強盜，害了我全家，尚敢污辱我麼？快快放我自盡！」陳小四道：「你這般花容月貌，教我如何捨得？」一頭說，一頭抱入後艙。瑞虹口中千強盜、萬強盜，罵不絕口。眾人大怒道：「阿哥，那裡不尋了一個妻子？卻受這賤人之辱！」便要趕進來殺。陳小四攔住道：「眾兄弟，看我分上饒他罷，明日與你陪情。」又對瑞虹

註

※8價：讀作「·ㄍㄚ」，語尾助詞，用法同「的」。
※9攛：拋擲、投入。
※10胥江起怒濤：典故出自《吳越春秋夫差內傳》，伍子胥不滿吳王夫差寵愛西施，擔心越國東山再起，對吳國不利，因此向吳王勸諫，反被賜白盡，將屍體投於江中，頓時波濤洶湧。此處借以比喻江水波濤洶湧。

道：「快些住口，你若再罵時，連我也不能相救。」瑞虹一頭哭，心中暗想：「我若死了，一家之仇，那個去報？且含羞忍辱，待報仇之後，死亦未遲。」方纔住口，跌足又哭。陳小四安慰一番。

眾人已把屍首盡拋入江中，把船揩抹乾淨，扯起滿篷，又使到一個沙洲邊，將箱籠取出，要把東西分派。陳小四道：「眾兄弟，且不要忙，趁今日十五團圓之夜，待我做了親，眾弟兄吃過慶喜筵席，然後自由自在均分，豈不美哉！」眾人道：「也說得是。」連忙將蔡武帶來的好酒，打開幾罈，將那些食物東西，都安排起來，團團坐在艙中，點得燈燭輝煌，取出蔡武許多銀酒器，大家痛飲。

陳小四又抱出瑞虹坐在傍邊道：「小姐，我與你郎才女貌，做對夫妻也不辱抹※11了你。今夜與我成親，圖個白頭到老。」瑞虹掩著面只是哭。眾人道：「我眾兄弟各人敬阿嫂一杯酒。」便篩過一杯，送在面前。陳小四接在手中，拿向瑞虹口邊道：「多謝眾弟兄之情，你略略沾些兒。」瑞虹那裡採※12來，把手推開。陳小四笑道：「多謝列位美情，待我替娘子飲罷。」拿起來一飲而盡。秦小圓道：「哥不要吃單杯，吃個雙雙到老。」又送過一盃。陳小四又接來吃了。也篩過酒，逐個答

明代酒杯，上面繪有孩童遊玩圖畫。（圖片來源：Cleveland Museum of Art）

還。喫了一會，陳小四被眾人勸送，喫到八九分醉了。眾人道：「我們暢飲，不要難為新人。哥先請安置罷。」陳小四道：「既如此，列位再請寬坐，我不陪了。」抱起瑞虹，取了燈火，徑[※13]入後艙。放下瑞虹，掩上艙門，便來與他解衣。那時瑞虹身不由主，被他解脫乾淨，抱向牀中，任情取樂。可惜千金小姐，落在強徒之手。

暴雨摧殘嬌蕊，狂風吹損柔芽。
那是一宵恩愛？分明夙世冤家。

不題陳小四。且說眾人在艙中喫酒，白滿道：「陳四哥此時正在樂境了。」沈鐵甏道：「他便樂，我們卻有些不樂。」秦小圓道：「有甚不樂？」沈鐵甏道：「皆是同樣做事，他倒獨佔了第一件便宜，明日分東西時，可肯讓一些麼？」李癩子道：「你道是樂：我想這一件，正是不樂之處哩。」眾人道：「為何不樂？」李癩子道：「常言說的好：斬草不除根，萌芽依舊發。殺了他一家，恨不得把我們吞

註
※11辱抹：羞辱、委屈。
※12採：理會。通「睬」。
※13徑：直接。通「逕」。
《中華民國教育部重編國語辭典修訂本》

在肚裡，方纔快活，豈肯安心與陳四哥做夫妻？倘到人煙湊集之所，叫喊起來，眾人性命可不都送在他的手裡？」眾人盡道：「說得是，明日與陳四哥說明，一發殺卻，豈不乾淨？」答道：「陳四哥今日得了甜頭，怎肯殺他？」白滿道：「不要與陳四哥說知，悄悄竟行罷。」李癩子道：「若瞞著他殺了，弟兄情上就倒不好開交。我有個兩得其便的計兒在此：趁陳四哥睡著，打開箱籠，將東西均分，四散去快活。陳四哥已受用了一個妙人，多少留幾件與他。後邊露出事來，止他自己去受累，與我眾人無干，或者不出醜，也是他的造化。恁樣，又不傷了弟兄情分，又連累我們不著，可不好麼？」眾人齊稱道好，立起身把箱籠打開，將出黃白之資，衣飾酒器，都均分了；只揀用不著的，留下幾件。各自收拾，打了包裹，把艙門關閉，將船使到一個通官路之所在泊住，一齊上岸，四散而去。

篋※14中黃白皆公器，被底紅香偏得意。
蜜房割去別人甜，狂蜂猶抱花心睡。

且說陳小四專意在瑞虹身上，外邊眾人算計，全然不知。直至次日巳牌時分，方纔起身來看，不見一人，還只道夜來中酒睡著。走至艄上，卻又

明代紅漆箱盒。（圖片攝影、來源：Daderot）

不在。再到前艙去看，那裡有個人的影兒！驚駭道：「他們通往何處去了？」心內疑惑，復走入艙中，看那箱籠俱已打開；逐只檢看，並無一物，止一隻內，存著些東西并※15書帖之類，方明白眾人分去，敢怒而不敢言。想道：「是了。他們見我留著這小姐，恐後事露，故都悄然散去。」又想道：「我如今獨自個又行不得這船，住在此又非長策，倒是進退兩難。欲待上涯，村中覓個兒幫行，到有人煙之處，恐怕這小姐喊叫出來，這性命便休了。勢在騎虎，留他不得了，不如斬草除根罷。」一提起一柄板斧，搶入後艙。瑞虹還在牀上啼哭，雖則淚痕滿面，愈覺千嬌百媚。那賊徒看了，神蕩魂迷，臂垂手軟，把殺人腸子，頓時鎔化，一柄板斧，撲禿的落在地下。又騰身上去，捧著瑞虹淫媾。可憐嫩蕊嬌花，怎當得風狂雨驟？

那賊徒恣意輕薄了一回，說道：「娘子，我曉得你勞碌了，待我去收拾些飲食與你好將息。」一跳起身往艄上打火煮飯，忽地又想起道：「我若迷戀這女子，性命定然斷送。欲要殺他，又不忍下手。罷罷！只算我晦氣，棄了這船，向別處過日。倘有采頭※16，再覓注錢財，原舊掙個船兒，依舊快活。那女子留在船中，有命時便

註

※14 簏：讀作「鑹」，放東西的箱子。
※15 并：和。通「並」。
※16 采頭：利益、好處。《中華民國教育部重編國語辭典修訂本》

遇人救了，也算我一點陰騭※17。」卻又想道：「不好，不好，如不除他，終久是個禍根。只饒他一刀，與個全屍罷。」煮些飯食吃飽，將平日所積囊資，並留下的些小東西，疊成一個大包，放在一邊。尋一條索子，打個圈兒，趕入艙來。這時，瑞虹恐又來污辱，已是穿起衣服，向著裡牀垂淚，思算報仇之策，不提防這賊徒來謀害。◎1說時遲，那時快，這賊徒奔近前，左手托起頭兒，右手就將索子套上。瑞虹方待喊叫，被他隨手扣緊，盡力一收，瑞虹疼痛難忍，手足亂動，撲的跳了幾跳，直挺挺橫在牀上，便不動了。那賊徒料是已死，即放了手，到外艙拿起包裹，提著一根短棍，跳上涯，大踏步而去。正是：

雖無並枕歡娛，落得一身乾淨。

原來瑞虹命不該絕，喜得那賊打的是個單結，雖然被這一收時，氣絕昏迷；纔放下手，結就鬆開，不比那吊死的越墜越緊。咽喉間有了一線之隙，這點氣回復透出，便不致於死。漸漸甦醒，只是遍體酥軟，動撣※18不得，倒像被按摩的捏了個醉楊妃※19光景。喘了一回，覺道頸下難過，勉強掙起手扯開，心內苦楚，暗

✦明代酒罈。（圖片來源：Auckland Museum）

哭道：「阿爹！當時若聽了我的言語，那有今日？只不知與這夥賊徒，前世有甚冤業，合家遭此慘禍。」又哭道：「我指望忍辱偷生，還圖個報仇雪恥；不道這賊原放我不過。我死也罷了，但是冤沉海底，安能瞑目？」轉思轉哭，愈想愈哀。

正哭之間，忽然艄上「撲通」的響亮，撞得這船幌上幾幌，睡的牀鋪，險些攧翻※20。瑞虹被這一驚，哭也倒止住了。側耳聽時，但聞隔船人聲，喧鬧打號撐篙，本船不見一些聲息，疑惑道：「這班強盜為何被人撞了船，卻不開口，莫非那船也是同夥？」又想道：「或者是捕盜船兒，不敢與他爭論。」便欲喊叫，又恐不能了事；方在惶惑之際，船艙中忽然有人大驚小怪，又齊擁入後艙。瑞虹還道是這班強盜，暗道：「此番性命定然休矣！」只聽眾人說道：「不知是何處官府，打劫得如此乾淨？人樣也不留一個！」瑞虹聽了這句話，已知不是強盜了，掙扎起身，高喊：「救命。」眾人趕向前看時，見是個美貌女子，扶持下牀，問他被劫情由。瑞

註

※17陰騭：暗中做施德於人的善行。也稱爲「陰德」、「陰功」。騭，讀作「至」。

※18動撣：移動，行動。撣，讀作「膽」。《中華民國教育部重編國語辭典修訂本》

※19楊妃：即楊貴妃，本名楊玉環，唐代蒲州永樂人。最初嫁給壽王瑁爲妃，後來出家爲女道士，號太眞。入宮後，成爲唐玄宗寵愛的妃子，喜歡吃荔枝，唐代李牧〈過華清宮絕句三首〉，有「一騎紅塵妃子笑，無人知是荔枝來。」的詩句。後安祿山叛亂，行至馬嵬坡，六軍不肯出發，逼得唐玄宗忍痛將楊貴妃處死。

※20攧翻：摔倒、翻倒。

眉批

◎1：瑞虹之命亦苦矣。（可一居士）

虹未曾開言，兩眼淚珠先下。乃將父親官爵、籍貫，并被難始末，一一細說。又道：「列位大哥，可憐我受屈無伸，乞引到官司告理，擒獲強徒正法，也是一點陰騭。」眾人道：「原來是位小姐，可惱受著苦了！但我們都做主不得，須請老爹來與你計較。」內中一個，便跑去相請。

不多時，一人跨進艙中。眾人齊道：「老爹來也！」瑞虹舉目看：那人面貌魁梧，服飾齊整，見眾人稱他老爹，料必是個有身家的，哭拜在地。那人慌忙扶住道：「小姐何消行此大禮？有話請起來說。」瑞虹又將前事細說一遍，又道：「求老爹慨發慈悲，救護我難中之人，生死不忘大德。」那人道：「不必煩惱。我想這班強盜，去路還未遠。即今便同你到官司呈告，差人四處追尋，自然逃走不脫。」瑞虹含淚而謝。那人分付手下道：「事不宜遲，快扶蔡小姐過船去罷。」眾人便來攙扶。瑞虹尋了鞋兒穿起，走出艙門觀看，乃是一隻雙開篷頂號貨船。過得船來，請入艙中安息。眾水手將賊船上家火※21東西，儘力搬個乾淨，方纔起篷開船。

你道那人是誰？原來姓卞名福，漢陽府人氏，專在江湖經商，掙起一個老大家業，打造這隻大船。眾水手俱是家人。這番在下路脫了糧食，裝回頭貨回家，正趁著順風行走，忽地被一陣大風，直打向到岸邊去。艄公把舵，務命推揮，全然不

✦明代畫家陳洪綬所繪的明代女子像。

應，徑向賊船上當艄一撞！見是座船[22]，恐怕拿住費嘴，好生著急。合船人手忙腳亂，要撐開去，不道又擱在淺處，牽扯不動，故此打號用力。因見座船上沒個人影，卞福以為怪異，教眾水手過來看，已後聞報止有一個美女子，如此如此，要求搭救。卞福即懷不良之念，用一片假情，哄得過船，便是買賣了。那裡是真心肯替他伸冤理枉？那瑞虹起初因受了這場慘毒，正無門伸訴，所以一見了卞福，猶如見了親人一般，求他救濟。又見說出那班言語，便信以為真，更不疑惑。到得過船心定，想起道：「此來差矣！我與這客人非親非故，如何指望他出力，跟著同走？雖承他一力擔當，又未知是真是假？倘有別樣歹念，怎生是好？」正在疑慮，只見卞福自去安排著佳肴美饌，奉承瑞虹，說道：「小娘子，一定餓了，且喫些酒食則個。」瑞虹想著父母，那裡下得咽喉。卞福坐在旁邊，甜言蜜語，勸了一回，乃開言道：「小子有一言商議，不知小姐可肯聽否？」瑞虹道：「老客[23]有甚見諭？」卞福道：「適來小子一時義憤，許小姐同到官司告理，卻不曾算到自己這一船貨物。我想：那衙門之事，原是論不定日子的。倘或牽纏半年六月，

註

※21家火：器具物品。
※22座船：官員專用的船。
※23老客：對人的敬稱，同「先生」。

事體還不能完妥，貨物又不能脫去，豈不兩下擔擱？不如小姐且隨我回去，先脫了貨物，然後另換個小船，與你一齊下來，理論這事，就盤桓幾年，也不妨礙。更有一件：你我是個孤男寡女，往來行走，必惹外人談議。總然彼此清白，誰人肯信？可不是無絲有線？況且小姐舉目無親，身無所歸；小子雖然是個商賈，家中頗可得過，若不棄嫌，就此結為夫婦，那時報仇之事，水裡水去，火裡火去。包在我身上，一個個緝獲，來與你出氣，但未知尊意若何？」瑞虹聽了這片言語，暗自心傷，簌簌的淚下，想道：「我這般命苦！又遇著不良之人。只是落在他套中，料難擺脫。」乃歎口氣道：「罷！罷！父母冤仇事大，辱身事小。況此身已被賊人玷污，總今就死，也算不得貞節了，且到報仇之後，尋個自盡，以洗污名可也。」躊躇已定，含淚答道：「官人果然真心肯替奴家報仇雪恥，情願相從。只要設個誓願，方纔相信。」卞福得了這

明陳洪綬《湖中遊覽圖》，描繪湖中舟船場景。

句言語，喜不自勝，連忙跪下設誓道：「卞福若不與小姐報仇雪恥，翻江而死。」道罷起來，分付水手：「就前途村鎮停泊，買辦魚肉果品之類，合船喫杯喜酒。」到晚成就好事。

不則一日，已至漢陽。誰想卞福老婆是個拈酸的領袖，喫醋的班頭。卞福平昔極懼怕的，不敢引瑞虹到家，另尋所在安下。叮囑手下人，不許泄漏。內中又有個請風光博笑臉※24的，早去報知。那婆娘怒氣沖天，要與老公廝鬧，卻又算計，沒有許多閒工夫淘氣，倒一字不提。暗地教人尋下掠販的※25，期定了日子，一手交錢，一手交人。到了是日，那婆娘把卞福灌得爛醉，反鎖在房。一乘轎子，抬至瑞虹住處。掠販的已先在彼等候，隨那婆娘進去。叫人報知瑞虹說：「大娘來了。」瑞虹無奈，只得出來相迎。掠販的在旁，細細一覷，見有十二分顏色，好生歡喜。那婆娘滿臉堆笑，對瑞虹道：「好笑官人，作事顛倒！既娶你來家，如何又撇在此，成何體面？外人知得，只道我有甚緣故。適來把他埋怨一場，特地自來接你回去。有甚衣飾，快些收拾。」瑞虹不見卞福，心內疑惑，推辭不去。那婆娘道：「既不願同住，且去閒玩幾日，也見得我親來相接之情。」瑞虹見這句話，說得有理，便不

註

※24風光博笑臉：阿諛諂媚。
※25掠販的：人口販子。

好推托，進房整飾。那婆娘一等他轉身，即與掠販的議定身價，叫家人在外兌了銀兩，喚乘轎子，哄瑞紅坐下。轎夫抬起，飛也似走直至江邊一個無人所在。掠販的引到船邊歇下。瑞虹情知中了奸計，放聲號哭，要跳向江中，怎當掠販的兩邊扶挾，不容轉動。推入艙中，打發了中人轎夫，急忙解纜開船、揚著滿帆而去。

且說那婆娘賣了瑞虹，將屋中什物收拾回去，把門鎖上。回到家中，卞福正還酣睡。那婆娘三四個巴掌打醒，數說一回，把罵一回，整整鬧了數日，卞福腳影不敢出門。一日，捉空踅※26到瑞虹住處，看見鎖著門戶，喫了一驚。詢問家人，方知被老婆賣去久矣，只氣得發昏章第十一※27。那卞福只因不曾與瑞虹報仇，後來果然翻江而死，應了向日之誓。那婆娘原是個不成才的爛貨，自丈夫死後，越發恣意，把家私貼完，又被姦夫拐去，賣與煙花門戶。可見天道好還，絲毫不爽。有詩為證：

忍恥偷生爲父仇，誰知奸計覓風流？

明代陶土模型，內有轎子的房子。

勸人莫設虛言誓，湛湛青天在上頭。

再說瑞虹被掠販的納在船中，一味悲號。掠販人勸慰道：「不必啼泣，還你此去豐衣足食，自在快活，強如在卞家受那大老婆的氣。」瑞虹也不理他，心內暗想道：「欲待自盡，怎奈大仇未報，將為不死，便成淫蕩之人。」躊躇千萬百遍，終是報仇心切，只得寧耐※28，看個居止下落，再作區處※29。行不多路，已天晚泊船。掠販的逼他同睡，瑞虹不從，和衣縮在一邊。掠販的便來摟抱，瑞虹亂喊殺人。掠販的恐被鄰船聽得，弄出事來，放手不迭，再不敢去纏他，逕載到武昌府，轉賣與樂戶※30王家。那樂戶家裡，先有三四個粉頭※31，一個個打扮的喬喬畫畫，傅粉※32塗脂，倚門賣俏。瑞虹到了他家，看見這般做作，轉加苦楚，又想道：「我

註

※26 斈：讀作「學」。折轉、折回。
※27 發昏章第十一：即發昏。古書喜歡在某字詞後面加上第幾章，表示一種開玩笑、逗趣的意思。有人說發昏是第十一章，是因為朱熹註解的《大學》章句一共十章，所以把發昏列為第十一章。
※28 寧耐：靜心忍耐。
※29 區處：籌畫安排。
※30 樂户：妓女户。
※31 粉頭：此指妓女。
※32 傅粉：在臉上抹粉。

今落在煙花地面，報仇之事，已是絕望，還有何顏在世？」遂立意要尋死路，不肯接客。偏又作怪，但是瑞虹走這條門路，就有人解救，不致傷身。◎2樂戶與鴇子商議道：「他既不肯接客，留之何益？倘若三不知做出把戲，倒是老大利害。不如轉貨與人，另尋一個罷。」常言道：事有湊巧，物有偶然。恰好有一紹興人，姓胡名悅，因武昌太守是他親戚，特來打抽豐※33的，倒也作成尋覓了一大注錢財。那人原是貪花戀酒之徒，住的寓所近著妓家，閒時便去串走，也曾見過瑞虹是個絕色麗人，心內著迷。幾遍要來入馬※34，因是瑞虹尋死覓活，不能到手。今番聽得樂戶有出脫的消息，情願重價討他，胡悅央人說合對媒人說道：「你上心說成，除謝媒之外，另奉銀一兩與你買茶喫。」萬囑千托，媒人應去了。胡悅狠巴巴望他回話，真如熱盤上螞蟻。媒人想他豐重謝儀去說，不想果是天就良緣，一說就成。

胡悅娶瑞虹到了寓所，當晚整備著酒肴，與瑞虹敘情。那瑞虹只是啼哭，不容親近。胡悅再三勸慰不止，倒沒了主意，說道：「小娘子，你在娼家，或者道是賤事，不肯接客；今日與我成了夫

清畫家崔鶴繪製的《李香君》，李香君為明代名妓「秦淮八豔」之一。

婦，萬分好了，還有甚苦情，只管悲慟？你且說來，若有疑難事體，我可以替你分憂解悶。倘事情重大，這府中太爺，是我舍親，就轉托他與你料理，何必自苦如此。」瑞虹見他說話有些來歷，方將前事一一告訴。又道：「官人若能與奴家尋覓仇人，報冤雪恥，莫說得為夫婦，便做奴婢，亦自甘心。」說罷又哭。胡悅聞言答道：「原來你是好人家子女，遭此大難，可憐，可憐！但這事非一時可畢，待我先教舍親出個廣捕※35，到處挨緝；一面同你到淮安告官，拿眾盜家屬追比，自然有個下落。」瑞虹拜倒在地道：「若得官人肯如此用心，生生世世銜結※36報效。」胡悅扶起道：「既為夫婦，事同一體，何出此言？」遂攜手入寢。那知胡悅也是一片假情，哄騙過了幾日，只說已托太守出廣捕緝獲去了。瑞虹信以為實，千恩萬謝。又住了數日，僱下船隻，打疊起身，正遇著順風順水，那消十日，早至鎮江，另雇

註

※33打抽豐：即「打秋風」，向有錢的人索取利潤，或藉故向人索要財物。

※34入馬：勾搭上女人。馬，指女人。

※35廣捕：即廣捕文書。一種可以讓差役在任何時間地點逮捕犯人的證明文書。

※36銜結：即銜環結草。比喻受人恩惠，必當知恩圖報。銜環，即啣環。漢代楊寶曾從鴟梟喙下救了一隻黃雀，黃雀傷勢痊癒後就飛走。某天晚上，有一名黃衣童子前來，送四枚白環給楊寶。結草，喻死後報恩，典故出自《左傳．宣公十五年》，春秋時代晉國的魏顆救父親的侍妾，而獲得老人把草打結助其禦敵，後來老人自稱是魏顆父親侍妾的已故父親，為報魏顆恩德而出手相助。

眉批

◎2：天留其命，以報兇人。（可一居士）

小船回家，把瑞虹的事擱過一邊，毫不題起。瑞虹大失所望，但到此地位，無可奈何，遂吃了長齋，日夜暗禱天地，要求報冤※37。在路非止一日，已到家中。胡悅老婆見娶個美人回來，好生妒忌，時常廝鬧。瑞虹總不與他爭論，也不要胡悅進房，這婆娘方纔少解。

原來紹興地方，慣做一項生意，凡有錢能幹的，都到京中買個三考吏※38名色，鑽謀好地方，選一個佐貳官※39出來，俗名喚做「飛過海」。怎麼叫做「飛過海」？大凡吏員考滿，依次選去，不知等上幾年。若用了錢，挖選在別人前面，指日便得做官，這謂之「飛過海」。還有獨自無力，四五個合做夥計，一人出名做官，其餘坐地分贓。到了任上，先備厚禮，結好堂官※40，叨攬事管。些小事體，經他衙裡，少不得要詐一兩五錢。到後覺道聲息不好，立腳不住，就悄地「逃之夭夭」。十個裡邊，難得一兩個來去明白，完名全節。所以天下衙官，大半都出紹興。那胡悅在家住了年餘，也思量到京幹這樁事體；更兼有個相知，見在當道，寫書相約，有扶持他的意思，一發喜之不勝。即便處置了銀兩，打點起程。單慮妻妾在家不睦，與瑞虹計議，要帶他同往，許他謀選彼處地方，訪覓強盜蹤跡。瑞虹已被騙過一次，雖然不信，也還希冀出外行走，

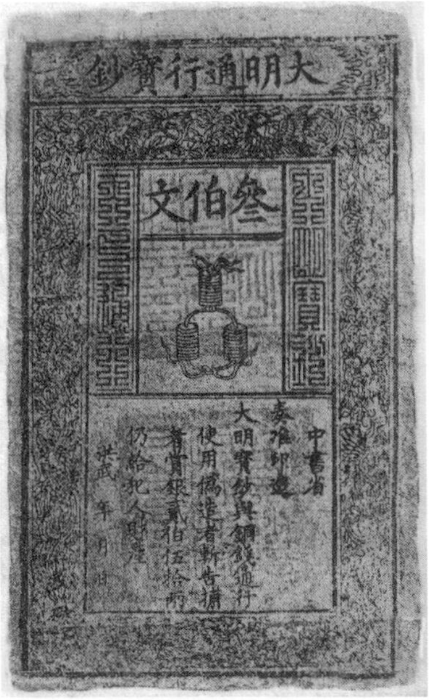

◆大明通行寶鈔三百文。

或者有個機會，情願同去。胡悅老婆知得，翻天作地，與老公相打相罵，胡悅全不作准。擇了吉日，雇下船隻，同瑞虹徑自起程。一路無話，直至京師。尋寓所安頓了瑞虹，次日整備禮物，去拜那相知官員。誰想這官人，一月前暴病身亡，合家慌亂，打點扶柩歸鄉。胡悅沒了這個倚靠，身子就酥了半邊，思想：「銀子帶得甚少，相知又死，這官職怎能弄得到手？」欲待原復歸去，又恐被人笑恥。事在兩難，狐疑未決，尋訪同鄉一個相識商議。這人也是走那道兒的，正少了銀兩，不得完成，遂設計哄騙胡悅，包攬替他圖個小就，設或短少，尋人借債。胡悅合該晦氣，被他花言巧語，說得熱鬧，將所帶銀兩，一包兒遞與。那人把來完成了自己官職，悄地一溜煙，徑赴任去了。胡悅止剩得一雙空手，日逐所需，漸漸欠缺。寄書回家取索盤纏，老婆正惱著他，那肯應付分文？自此流落京師，逐日東走西撞，與一班京花子合了夥計，騙人財物。一日商議要大大尋一注東西，但沒甚為由，卻想到瑞虹身上，要把來認作妹子，做個美人局。算計停當，胡悅又恐瑞虹不肯，生出

註

※37報冤：報復冤仇。
※38三考吏：明代制度，舉凡官吏每三年舉辦一次考察政績，區分等第。九年考滿三次，由吏部主持考試，符合標準的授予官職。
※39佐貳官：明清時代，知府、知州、知縣都有輔佐官員，官名爲：通判、州同等，地位次於主管官員，故稱「佐貳」。
※40堂官：古代各衙門的長官。《中華民國教育部重編國語辭典修訂本》

一段說話哄他道：「我向日指望到此，選得個官職，與你去尋訪仇人。不道時運乖蹇，相知已死，又被那天殺的騙去銀兩，淪落在此，進退兩難。欲待回去，又無處設法盤纏。昨日與朋友們議得個計策，倒也儘通。」瑞虹道：「是甚計策？」胡悅道：「只說你是我的妹子，要與人為妾。倘有人來相看，你便見他一面。等哄得銀兩到手，連夜悄然起身，他們那裡來尋覓？順路先到淮安，送你到家，訪問強徒，也了我心上一件事情。」瑞虹初時本不欲得，次後聽說順路送歸家去，方纔許允。胡悅討了瑞虹一個「肯」字，歡喜無限，教眾光棍四處去尋主顧。正是：

安排地網天羅計，專待落坑墮塹人。

話分兩頭。卻說浙江溫州府，有一秀士，姓朱名源，年紀四旬以外，尚無子嗣。娘子幾遍勸他娶個偏房，朱源道：「我功名淹蹇※41，無意於此。」其年秋榜高登，到京會試，誰想文福未齊，春闈※42不第，羞歸故里，與幾個同年相約，就在

在庭中讀書的明代讀書人，明陳洪綬繪。（圖片來源：Cleveland Museum of Art）

京中讀書，以待下科。那同年中曉得朱源還沒有兒子，也苦勸他娶妾。朱源聽了眾人說話，教人尋覓。剛有了這句口風，那些媒人互相傳說，幾日內便尋下若干頭腦，請朱源逐一相看擇揀，沒有個中得意的。那眾光棍緝著那個消息，即來上椿，誇稱得瑞虹姿色絕世無雙，古今罕有。哄動朱源，期下日子，親去相看。此時瑞虹身上衣服，也不十分整齊。胡悅教眾光棍借來，妝飾停當。眾光棍引了朱源到來，胡悅向前迎接，禮畢就坐，獻過一盃茶，方請出瑞虹，站在遮堂門邊。朱源走上一步，瑞虹側著身子，道個萬福。朱源即忙還禮。用目仔細一覷，端的嬌豔非常，暗暗喝彩道：「真好個美貌女子！」瑞虹也見朱源人材出眾，舉止閒雅，暗道：「這官人倒好個儀表，果是個斯文人物；但不知甚麼晦氣，投在網中。」心下存了個懊悔之念，略站片時，轉身進去。眾光棍從傍襯道：「相公，何如？可是我們不說謊麼？」朱源點頭微笑道：「果然不謬，可到小寓議定財禮，擇吉行聘便了。」一道罷起身。眾人接腳隨去，議了一百兩財禮。朱源也聞得京師騙局甚多，恐怕也落了套兒，講過早上行禮，到晚即要過門。眾光棍又去與胡悅商議。胡悅沉吟半晌，生出一個計，只恐瑞虹不肯，教眾人坐下，先來與他計較道：「適來這舉人已肯上椿，

註

※41功名淹蹇：功名未就，指考場中失意，無法謀求官職。淹蹇，貧困窘迫。蹇，讀作「檢」。

※42春闈：會試。闈，科舉考試的考場。

只是當日便要過門，難做手腳。如今只得將計就計，依著他送你過去。少不得備下酒肴，你慢慢飲至五更時分，我同眾人便打入來，叫破地方※43，只說強占有夫婦女，就引你回來，聲言要往各衙門呈告。想他是個舉人，怕干礙前程，自然反來求伏。那時和你從容回去，豈不美哉！」瑞虹聞言，愀然不樂，答道：「我前生不知作下甚業，以至今世遭許多磨難，如何又作恁般沒天理的事害人？這個斷然不去。」胡悅道：「娘子，我原不欲如此，但出於無奈，方走這條苦肉計，千萬不要推托！」瑞虹執意不從。胡悅就雙膝跪下道：「娘子，沒奈何，將就做這一遭，下次再不敢相煩了。」瑞虹被逼不過，只得應允。胡悅急急跑向外邊，對眾人說知就裡。眾人齊稱妙計，回覆朱源，選起吉日，將銀兩兌足，送與胡悅收了。眾光棍就要把銀兩分用，胡悅道：「且慢著，等待事妥，分也未遲。」到了晚間，朱源叫家人雇乘轎子，去迎瑞虹，一面分付安排下酒饌等候。不一時，已是娶到。兩下見過了禮，邀入房中，叫家人管待媒人酒飯，自不必說。

單講朱源同瑞虹到了房中，瑞虹看時，室中燈燭輝煌，設下酒席。朱源在燈下細觀其貌，比前倍加美麗，欣欣自得，道聲：「娘子請坐。」瑞虹羞澀，不敢答應，側身坐下。朱源叫小廝斟過一杯酒，恭恭敬敬，遞至面前放下，說道：「小娘子請酒。」瑞虹也不敢開

◆明代稱鄉試中試者為舉人，圖為中國楊美古鎮的舉人屋。（圖片來源：BV3CM）

言，也不回敬。朱源知道他是怕羞，微微而笑，自己斟上一盃，逼他相陪。又道：「小娘子，我與你已為夫婦，有甚怕羞？多少飲一盞兒，小生候乾。」瑞虹只是低頭不飲。朱源想道：「他是個女兒家，一定見小廝們在此，所以怕羞。」即打發出門外，掩上門兒，走至身邊道：「想是酒寒了，可換熱的飲一盃，不要拂了我的敬意。」遂另斟一盃，遞與瑞虹。瑞虹看了這個局面，轉覺羞慚，驀然傷感。想起幼時父母何等珍惜，今日流落至此，身子已被玷污，大仇又不能報，又強逼做這般醜態騙人，可不辱沒祖宗？柔腸一轉，淚珠簌簌亂下。朱源看見流淚，低低道：「小娘子，你我千里相逢，天緣會合，有甚不足，這般愁悶？莫不宅上有甚不堪之事，小娘子記掛麼？」連叩數次，並不答應，覺得其容轉戚。朱源又道：「細觀小娘子之意，必有不得已事，何不說與我知，倘可效力，決不推故。」◎3瑞虹又不則聲。朱源倒沒個理會，只得自斟自飲。喫夠半酣，聽譙樓※44已打二鼓了。朱源道：「夜深了，請歇息罷。」瑞虹也全然不采。朱源又不好催逼，倒走去書桌上，取過一本書兒觀看，陪他同坐。

瑞虹見朱源殷勤相慰，不去理他，並無一毫惱怒之色，轉過一念道：「看這舉

註

※43叫破地方：大聲呼喊使地方鄰舍知曉。

※44譙樓：城門上的瞭望樓。

眉批

◎3：(此等)話瑞虹已熟聞矣。曾吃賣糖人騙了，今番不信口甜人。(可一居士)

人，倒是個盛德君子。我當初若遇得此等人，冤仇申雪久矣。」又想道：「我看胡悅這人，一味花言巧語。若專靠在他身上，此仇安能得報？他今明明受過這舉人之聘，送我到此，何不將計就計，就跟著他，這冤仇或者倒有報雪之期。」左思右想，疑惑不定。朱源又道：「小娘子，請睡罷。」瑞虹故意又不答應。朱源依然將書觀看。看看三鼓將絕，瑞虹主意已定。朱源又催他去睡。瑞虹纔道：「我如今方纔是你家的人了。」朱源笑道：「難道起初還是別家的人麼？」瑞虹道：「相公那知就裡。我本是胡悅之妾，只因流落京師，與一班光棍生出這計，哄你銀子。少頃即打入來，搶我回去，告你強佔良人妻女。你怕干礙前程，還要買靜求安。」朱源聞言，大驚道：「有恁般異事！若非小娘子說出，險些落在套中。但你既是胡悅之妾，如何又泄漏與我？」瑞虹哭道：「妾有大仇未報，觀君盛德長者，必能為妾伸雪，故願以此身相托。」朱源道：「小娘子有何冤抑？可細細說來，定當竭力為你圖之。」瑞虹乃將前後事泣訴，連朱源亦自慘然下淚。

正說之間，已打四更。瑞虹道：「那一班光棍不久便到，相公若不早避，必

舊照片中的天津譙樓。

受其累。」朱源道：「不要著忙。有同年寓所，離此不遠。他房屋儘自深邃。且到那邊，暫避過一夜，明日另尋所在，遠遠搬去，有何患哉！」當下開門，悄地喚家人點起燈火，徑到同年寓所，敲開門戶。那同年見半夜而來，又帶著個麗人，只道是來歷不明的，甚以為怪。朱源一一道出。那同年即移到外邊去睡，讓朱源住於內廂；一面叫家人們相幫，把行李等件，盡皆搬來，止存兩間空房，不在話下。

且說眾光棍一等瑞虹上轎，便逼胡悅將出銀兩分開，買些酒肉。吃到五更天氣，一齊趕至朱源寓所，發聲喊打將入去。只見兩間空屋，那有一個人影？胡悅倒喫了一驚，說道：「他如何曉得，預先走了？」對眾光棍道：「一定是你們勾結來捉弄我的，快快把銀兩還了便罷！」眾光棍大怒，也翻轉臉皮，說道：「你把妻子賣了，又要來打搶，反說我們有甚勾當，須與你干休不得！」◎4將胡悅攢盤打勾臭死※45。恰好五城兵馬※46經過，結扭到官，審出騙局實情，一概三十，銀兩追出入官。胡悅短遞※47回籍。有詩為證：

註

※45攢盤打勾臭死：圍毆打個半死。攢盤，原指多種食物拼合而成的食品盤，此處引申爲圍毆。臭死，半死，形容非常慘烈。

※46五城兵馬：明代設置五城兵馬司，掌管京城的治安火禁、疏通街道溝渠等事務，設正副指揮統率。

※47短遞：用短程驛馬押解人或物品，每站換馬，節省馬夫食宿等費用，較長程運送費用較爲便宜。

眉批

◎4：分明扎了自己火囤。（可一居士）

牢籠巧設美人局，美人原不是心腹。
賠了夫人又打臀，手中依舊光陸禿。

且說朱源自娶了瑞虹，彼此相敬相愛，如魚似水。半年之後，即懷六甲，到得十月滿足，生下一個孩子。朱源好不喜歡，寫書報知妻子。光陰迅速，那孩子早又週歲，其年又值會試。瑞虹日夜向天禱告，願得丈夫黃榜題名，早報蔡門之仇。場後開榜，朱源果中了六十九名進士，殿試三甲，該選知縣。恰好武昌縣缺了縣官，朱源就討了這個缺，對瑞虹道：「此去仇人不遠，只怕他先死了，便出不得你的氣；若還在時，一個個拿來瀝血祭獻你的父母，不怕他走上天去。」瑞虹道：「若得相公如此用心，奴家死亦瞑目。」朱源一面先差人回家，接取家小在揚州伺候，一同赴任；一面候吏部領憑。不一日，領了憑限，辭朝出京。原來大凡吳、楚之地，作官的都在臨清張家灣雇船，從水路而行。或徑赴任所，或從家鄉而轉，但從其便。那一路都是下水，又快又穩，況帶著家小，若沒有勘合腳力※48，陸路一發不便了。每常

明代進士服，圖所繪人物為明成化進士王瓊。

有下路糧船運糧到京，交納過後，那空船回去，就攬這行生意，假充座船。請得個官員坐艙，那船頭便去包攬他人貨物，圖個免稅之利，這也是個舊規。

卻說朱源同了小奶奶到臨清雇船，看了幾個艙口，都不稱懷※49；只有一隻整齊，中了朱源之意。船頭遞了姓名手本※50，磕頭相見。管家搬行李安頓艙內，請老爺奶奶下船，燒了神福。船頭指揮眾人開船。瑞虹在艙中，聽得船頭說話，是淮安聲音，與賊頭陳小四一般無二。問丈夫什麼名字，朱源查那手本，寫著：「船頭吳金叩首。」姓名都不相同，瑞虹走到船艙邊聽他聲口，越聽越像，心中暗想：「這聲音明明是陳小四，為何手本上寫著吳金。」朱源扯瑞虹背後，私認他面貌又與陳小四無異；只是姓名不同，好生奇怪。欲待盤問，又沒個因由。偶然這一日，朱源的座師船到，過船去拜訪。那船頭的婆娘，進艙來拜見少奶，送茶為敬。瑞虹看那婦人：

雖無十分顏色，也有一段風流。

註

※48腳力：供人騎乘的牲畜，如：驢、馬等。

※49稱懷：稱心。

※50手本：明清時代門生拜見座師或下級官員謁見上級長官時所用的名帖。

瑞虹有心問那婦人道：「你幾歲了？」那婦人答道：「二十九歲了。」又問：「那裡人氏？」答道：「池陽人氏。」瑞虹道：「你丈夫不像個池陽人。」那婦人道：「這是小婦人的後夫。」瑞虹道：「你幾歲死過丈夫的？」那婦人道：「小婦人夫婦為運糧到此，丈夫一病身亡。如今這丈夫是武昌人氏，原在船上做幫手，喪事中虧他一力相助，小婦人孤身無倚，只得就從了他，頂著前夫名字，完這場差使。」瑞虹問在肚裡暗暗點頭，將香帕賞他。那婦人千恩萬謝的去了。瑞虹等朱源下船，將這話述與他聽了：「眼見吳金即是陳小四，正是賊頭！」朱源道：「路途之間，不可造次※51，且忍耐他到地方上施行。還要在他身上，追究餘黨。」瑞虹道：「相公所見極明，只是仇人相見，分外眼睜，這幾日如何好過？」恨不得借滕王閣的順風，一陣吹到武昌。

飲恨親冤已數年，枕戈思報歎無緣。
同舟敵國今相遇，又隔江山路幾千。

元唐棣《滕王閣圖》。

卻說朱源舟至揚州，那接取大夫人的，還未曾到，只得停泊碼頭等候。瑞虹心上一發氣悶。等到第三日，忽聽得岸上鼎沸起來。朱源叫人問時，卻是船頭與岸上兩個漢子扭做一團廝打。只聽得口口聲聲說道：「你幹得好事！」朱源見小奶奶氣悶，正沒奈何，今番且借這個機會，敲那賊頭幾個板子，權發利市。◎5當下喝教水手：「與我都拿過來！」

原來這班水手，與船頭面和意不和，也有個緣故。當初陳小四縊死了瑞虹，棄船而逃，沒處投奔，流落到池陽地面。偶值吳金這隻糧船起運，少個幫手，陳小四就上了他的船。見吳金老婆像個愛吃棗兒湯※52的，豈不正中下懷？一路行奸賣俏，搭識上了。兩個如膠似漆，反多那老公礙眼。船過黃河，吳金害了個寒症。陳小四假意殷勤，取藥調治。那藥不按君臣※53，一服見效※54，吳金死了。婦人身邊取出私財，把與陳小四，只說借他的東西，斷送老公。過了一兩個七，又推說欠債無償，就將身子白白的嫁了他。雖然備些酒食，煖住了眾人，卻也中心不伏。為此緣

註

※51造次：輕率魯莽。

※52愛吃棗兒湯：喜歡勾搭男人。

※53不按君臣：超出主藥與輔藥的用量，對身體有危害，服用之後使人喪命。

※54一服見效：此指服用之後一命嗚呼。

眉批

◎5：情節湊泊。（可一居士）

由，所以面和意不和。

聽得艙裡叫一聲「都拿過來」，蜂擁的上岸，把兩個人一齊扣下船來，跪於將軍柱邊。朱源問道：「為何廝打？」船頭稟道：「這兩個人原是小人合本撐船夥計，因盜了資本，背地逃走，兩三年不見面。今日天遣相逢，小人與他取討，他倒圖賴小人，兩個來打一個，望老爺與小人做主。」朱源道：「你二人怎麼說？」兩個漢子道：「小人並沒此事，都是一派胡言。」朱源道：「難道一些影兒也沒有，平地就廝打起來？」那兩個漢子道：「有個緣故。當初小的們雖然與他合本撐船，只為他迷戀了個婦女，小的們恐誤了生意，把自己本錢收起，各自營運，並不曾欠他分毫。」朱源道：「你兩個叫什麼名字？」那兩個漢子不曾開口，倒是陳小四先說道：「一個叫沈鐵甏，一個叫秦小圓。」◎6朱源卻待再問，只見背後有人扯拽，回頭看時，卻是丫鬟，悄悄傳言，說道：「小奶奶請老爺說話。」朱源走進後艙，見瑞虹雙行流淚，扯住丈夫衣袖，低聲說道：「那兩個漢子的名字，正是那賊頭一夥同謀打劫的人，不可放他走了。」朱源道：「原來如此。事到如今，等不得到武昌了。」慌忙寫了名帖，分付打轎，喝叫地方※55，將三人一串兒縛了，自去拜揚州太守，告訴其事。太守問了備細※56，且教把三個賊徒收監，次日面審。朱源回到船中，眾水手已知陳小四是個強盜，也把謀害吳金的情節，細細稟知。朱源又把這些緣由，備寫一封書帖，送與太守，並求究問餘黨。太守看了，忙出飛籤※57，差人拘那婦人，一并聽審。揚州城裡傳遍了新聞，又是盜案，又是姦淫事情，有婦人在內，那一個不來觀看？臨審之時，府前好不熱鬧。正是：

好事不出門，惡事傳千里。

卻說太守坐堂，弔[※58]出三個賊徒，那婦人也提到了，跪於階下。陳小四見那婆娘也到，好生驚怪道：「這廝打小事，如何連累家屬？」只見太守卻不叫吳金名字，竟叫：「陳小四。」吃了這一驚非小！凡事逃那實不過，叫一聲不應，再叫一聲，不得不答應了。太守相公冷笑一聲道：「你可記得三年前蔡指揮的事麼？天網恢恢，疏而不漏。今日有何理說？」三個人面面相覷，卻似魚膠粘口，一字難開。太守又問：「那時同謀還有李癩子、白滿、胡蠻二、凌歪嘴、余蛤蚆，如今在那裡？」陳小四道：「小的幼習水手趁食[※59]，不合誤投歹船。至於謀劫之夜，小的睡

註

※55地方：地保的俗稱。
※56備細：詳細情況。
※57飛籤：古代官府派衙役拘捕人的憑證。
※58弔：求取、提取。同「吊」。
※59趁食：生計。

眉批

◎6：天使之地。（可一居士）

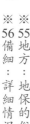

熟，實不知情，及至醒時，眾盜分贓各竄，只得奔投遠方，偶遇吳金船上缺人，招留在船。後因吳金病死，他妻子贅我，頂名運船度日。」話未辯完，太守道：「誰許閒話！只問你那幾個賊徒，今在何處？」秦小圓道：「當初分了金帛，四散去了。聞得李癩子、白滿，隨著山西客人販買羢貨；胡蠻二、凌歪嘴、余蛤蚆三人，逃在黃州撐船過活。小的們也不曾相會。」太守相公又叫婦人上前，問道：「你與陳小四姦密，毒殺親夫，遂為夫婦，這也是沒得說了。」婦人方欲抵賴，只見階下一班水手，都上前稟話：如此如此，這般這般，說得那婦人頓口無言。太守相公大怒，喝教選上號毛板，不論男婦，每人且打四十，打得皮開肉綻，鮮血直流。當下錄了口詞，三個強盜通問斬罪，那婦人問了凌遲※60。齊上刑具，發下死囚牢裡。一面出廣捕，挨獲白滿、李癩子等。太守問了這樁公事，親到船上，答拜朱源，就送審詞與看。朱源感謝不盡。瑞虹聞說，也把愁顏放下七分。

又過幾日，大奶奶已是接到。瑞虹相見，一妻一妾，甚是和睦。大奶奶又見兒子生得清秀，愈加歡喜。不一日，朱源於武昌上任。

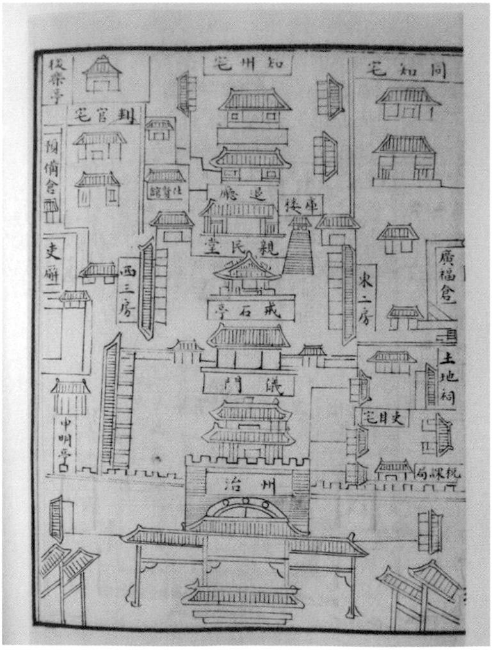

◆明代嘉靖三十七年（1558年）《霍州志》所繪之霍州官署平面圖。

管事三日，便差的當捕役緝訪賊黨胡蠻二等，果然胡蠻二、凌歪嘴在黃州江口撐船，手到拿來。招稱：「余蛤蚆一年前病死；白滿、李癩子見跟陝西客人在省城開鋪。」朱源權且收監，待拿到餘黨，一并問罪。省城與武昌縣，相去不遠，捕役去不多日，把白滿、李癩子二人一索子捆來，解到武昌縣。朱源取了口詞，每人也打四十，備了文書，差的當公人解往揚州府裡，以結前卷。朱源做了三年縣宰，治得那武昌縣，道不拾遺，犬不夜吠。行取御史，就出差淮揚地方。◎7瑞虹囑付道：「這班強盜在揚州獄中，連歲停刑，想未曾決。相公到彼，可了此一事，就與奴家瀝血祭奠父親并兩個兄弟，一以表奴家之誠，二以全相公之信。還有一事：我父親當初曾收用一婢，名喚碧蓮，曾有六個月孕。因母親不容，就嫁出與本處一個朱裁為妻。後來聞得碧蓮所生，是個男兒。相公可與奴家用心訪問。若這個兒子還在，可主張他復姓，以續蔡門宗祀，此乃相公萬代陰功。」◎8說罷，放聲大哭，拜倒在地。朱源慌忙扶起道：「你方纔所說二件，都是我的心事。我若到彼，定然不負所托，就寫書信報你得知。」瑞虹再拜稱謝。再說朱源赴任淮揚，這是代天子巡狩※61，又與知縣到任不同。真個：

註

※60凌遲：將肢體分解，或用刀片將身上皮肉一片片割下，直至犯人斷氣為止。

※61巡狩：古代天子出外巡察。

眉批

◎7：冤家路窄。（可一居士）

◎8：瑞虹所見者大。（可一居士）

號令出時霜雪凜，威風到處鬼神驚。

其時七月中旬，未是決囚之際。朱源先出巡淮安，就托本處府縣訪緝朱裁及碧蓮消息，果然訪著。那兒子已八歲了，生得堂堂一貌。府縣奉了御史之命，好不奉承。即日香湯沐浴，換了衣履，送在軍衛供給，申文報知察院。朱源取名蔡續，特為起奏一本，將蔡武被禍事情，備細達於聖聰：「蔡氏當先有汗馬功勞，不可令其無後。今有幼子蔡續，合當歸宗，俟其出幼承襲。其凶徒陳小四等，秋後處決。」一聖旨准奏了。其年冬月，朱源親自按臨揚州，監中取出陳小四與吳金的老婆，共是八個，一齊綁赴法場，剮的剮，斬的斬，乾乾淨淨。正是：

✦朱源將那幾個賊徒之首，用漆盤盛了，就在城隍廟裡設下蔡指揮一門的靈位（古版畫，選自《今古奇觀》明末吳郡寶翰樓刊本。）

善有善報，惡有惡報。
若還不報，時辰未到。

朱源分付劊子手，將那幾個賊徒之首，用漆盤盛了，就在城隍廟裡設下蔡指揮一門的靈位，香花燈燭，三牲祭醴，把幾顆人頭一字兒擺開。朱源親製祭文拜奠。又於本處選高僧做七七功德，超度亡魂。又替蔡續整頓個家事※62，囑咐府縣青目。其母碧蓮，一同居住，以奉蔡指揮歲時香火。朱裁另給銀兩別娶。諸事俱已停妥，備細寫下一封家書，差個得力承舍※63，齎回家中，報知瑞虹。瑞虹見了書中之字，已知蔡氏有後，諸盜盡已受刑，瀝血奠祭，舉手加額，感謝天地不盡。是夜，瑞虹沐浴更衣，寫下一封家書，寄謝丈夫；又去拜謝了大奶奶，回房把門拴上，將剪刀自刺其喉而死。◎9其書云：

賤妾瑞虹百拜相公臺下：虹身出武家，心嫻閨訓。男德在義，女德在節；女

註

※62家事：即「家私」，家產。（參考李平校注，《今古奇觀》，三民書局出版。）
※63承舍：衙門差役。

眉批

◎9：即死不足以陳謝。如此從容就死，比慷慨捐生者，信倍難耳。（可一居士）

而不節，禽行何別？虹父韜鈐不戒※64，麴糵※65迷神，悔盜亡身，禍及母弟，一時並命。妾心膽俱裂，浴淚彌年。然而隱忍不死者，以爲一人之廉恥小，闔門之仇怨大。昔李將軍忍恥降虜※66，欲保當以報漢；妾雖女流，志竊類此。不幸歷遭強暴，衷懷未申。幸遇相公，拔我於風波之中，諧我以琴瑟之好※67。識荊之日，便許復仇。皇天見憐，官遊早遂。諸奸貫滿，相次就縛，而且明正典刑，瀝血設饗。蔡氏已絕之宗，復蒙披根見本，世祿復延。相公之爲德於衰宗者，天高地厚，何以喻茲！妾之仇已雪而志遂矣。失節貪生，貽玷閥閱※68，妾且就死以謝蔡氏之宗於地下。兒子年已六歲，嫡母憐愛，必能成立。妾雖死之日，猶生之年。姻緣有限，不獲面別，聊寄一箋，以表衷曲。

大奶奶知得瑞虹死了，痛惜不已，殯殮悉從其厚。將他遺筆封固，付承舍寄往任上。朱源看了，哭倒在地，昏迷半晌方醒。自此患病，閉門者數日，府縣都來候問。朱源哭訴情由，人人墮淚，俱誇瑞虹節孝，今古無比。不在話下。後來朱源差滿回京，歷官正三邊總制。瑞虹所生之子，名曰朱懋，少年登第，上疏表陳生母蔡瑞虹

✦漢代女文學家班昭撰寫了《女誡》七篇，倡導「三從四德」，成為中國婦女的行為準則，圖為1847年出版圖書中繪製的班昭人物插圖。

一生之苦，乞賜旌表。聖旨准奏，特建節孝坊，至今猶在。有詩贊云：

報仇雪恥是男兒，誰道裙衩有執持。
堪笑硜硜※69眞小諒，不成一事枉嗟咨。

註

※64韜鈐不戒：精通兵書卻疏於防範，讓歹徒有機可趁。韜鈐，古代兵書《六韜》、《玉鈐篇》的並稱。後用以泛指兵書。

※65麴櫱：此代指酒，原指發酵酒的酒母。麴，酒母。櫱，讀作「聶」。

※66李將軍忍恥降虜：李將軍，即李陵。原爲漢朝將領，天漢二年奉漢武帝之命出征匈奴，因寡不敵眾戰降匈奴。典故出自《史記．李將軍列傳》此處借喻蔡瑞虹忍辱偷生，等待時機報仇。

※67琴瑟之好：語出《詩經．小雅．常棣》。比喻夫妻感情和睦融洽。

※68貽玷閥閱：指玷汚了官家門户。閥閱：古代官宦人家門前立的兩根柱子，後代稱名門貴族。

※69硜硜：讀作「坑坑」。因見識淺陋而固執己見。

第二十七卷　錢秀才錯占鳳凰儔

漁船載酒日相隨，短笛蘆花深處吹。
湖面風收雲影散，水天光照碧琉璃。

這首詩是宋時楊備※1游太湖所作。這太湖在吳郡西南三十餘里之外，你道有多少大？東西二百里，南北一百二十里，周圍五百里，廣三萬六千頃；中有山七十二峰，襟帶三州。那三州？

蘇州，湖州，常州。

東南諸水皆歸。一名震澤，一名具區，一名笠澤，一名五湖。何以謂之五湖？東通長洲松江，南通烏程霅溪※2，西通義興荊溪，北通晉陵滆湖，東通

太湖一景。（圖片攝影：Londenp）

嘉興韭溪，水凡五道，故謂之五湖。那五湖之水，總是震澤分流，所以謂之太湖。就太湖中，亦有五湖名色，曰菱湖、游湖、莫湖、貢湖、胥湖。五湖之外，又有三小湖：扶椒山東曰，梅梁湖；杜圻之西、魚查之東，曰金鼎湖；林屋之東，曰東皋里湖。吳人總稱做太湖。那太湖中七十二峰，惟有洞庭兩山最大。東洞庭曰東山，西洞庭曰西山，兩山分峙湖中。其餘諸山，或遠或近，若浮若沉，隱見出沒於波濤之間。有元人許謙※3詩為證：

周迴萬水入，遠近數州環。
南極疑無地，西浮直際山。
三江歸海表，一徑界河間。
白浪秋風疾，漁舟意尚閑。

註

※1楊備：北宋建州浦城人，字修之。楊億弟。宋仁宗時任尚書虞部員外郎，分司南京。因愛姑蘇風物，作《姑蘇百題》，每題箋釋其事，後范成大撰《吳郡志》時多採用。
※2雲溪：雲讀作「札」，河川名。在浙江省吳興縣治南，流入太湖。
※3許謙：宋元之際學者。字益之，浙江金華人，號白雲山人。隱居山林未出仕做官，著有《傳名物抄》、《白雲詩集》。

那東西兩山在太湖中間，四面皆水，車馬不通。欲遊兩山者，必假舟楫，往往有風波之險。昔宋時宰相范成大※4在湖中遇風，曾作詩一首：

白霧漫空白浪深，舟如竹葉信浮沉。
科頭※5晏起吾何敢？自有山川印此心。

話說兩山之人，善於貨殖※6，八方四路去為商為賈。所以江湖上有個口號，叫做「鑽天洞庭」。內中單表西洞庭有個富家，姓高名贊，少年慣走湖廣，販賣糧食。後來家道殷實了，開起兩個解庫※7，托著四個夥計掌管，自己只在家中受用。渾家金氏，生下男女二人，男名高標；女名秋芳，年長高標二歲。高贊請個積年老教授在家館穀※8，教著兩個兒女讀書。那秋芳資性聰明，自七歲讀書，至十二歲，書史皆通，寫作俱妙。交十三歲，就不進學堂，只在房中習學女工，描鸞刺鳳。看看長成一十六歲，出落得好個女兒，美豔非常。有《西江月》為證：

面似桃花含露，體如白雪團成。眼橫秋水黛眉青，十指尖尖春筍。
嬝娜休言

◆范成大謚文穆，蘇州人，圖為范成大蘇州石刻像。

西子※9，風流不讓崔鶯※10。金蓮※11窄窄辦兒輕。行動一天丰※12韻。

高贊見女兒人物整齊，且又聰明，不肯將他配個平等之人※13，定要揀個讀書君子、才貌兼全的配他。聘禮厚薄倒也不論，若對頭好時，就賠些粧奩嫁去，也自情願。有多少豪門富室，日來求親。高贊訪得他子弟才不壓眾，貌不超群，所以不曾許允。雖則洞庭在水中央，乃三州通道，況高贊又是個富家，這些做媒的四處傳揚，說高家女子美貌聰明，情願賠錢出嫁，只要擇個風流佳婿。但有一二分才貌

註

※4范成大：北宋宰相，字致能，號石湖居士。江蘇省吳郡人，擅長寫詩文，與陸游、楊萬里齊名，官至參知政事，晚年退隱石湖。著有《石湖集》、《攬轡錄》、《吳郡志》等。

※5科頭：古代士人需戴冠帽，科頭指不戴冠帽，將頭髮裸露出來。

※6貨殖：低買高賣，以謀取利潤，即經商。

※7解庫：當鋪。

※8館穀：請先生在家教孩子讀書，供給食宿。

※9西子：即春秋越國美女西施。

※10崔鶯：即崔鶯鶯。唐傳奇，元稹所著的《鶯鶯傳》中的女主角。絕世傾城，精通詩文。貞元年間，鶯鶯跟隨母親鄭氏到河中府的普救寺，巧遇張生，兩人傾慕相戀。宋元戲曲中的《西廂記》是源自此所改編。

※11金蓮：古代女子纏足，形容小腳纖細。

※12丰：通「風」。神態、風韻。

※13平等之人：此指容貌、才華庸俗之人。

的，那一個不挨風緝縫※[14]，央媒說合。說時誇獎得潘安※[15]般貌，子建※[16]般才；及至訪實，都只平常。高贊被這夥做媒的哄得不耐煩了，對那些媒人說道：「今後不須言三語四。若果有才人出眾的，便與他同來見我。合得我意，一言兩決，可不快當！」自高贊出了這句言語，那些媒人就不敢輕易上門。正是：

眼見方爲的，傳言未必眞。
試金今有石，驚破假銀人。

話分兩頭。卻說蘇州府吳江縣平望地方，有一秀士，姓錢名青，字萬選。此人飽讀詩書，廣知今古，更兼一表人才。也有《西江月》為證：

出落唇紅齒白，生成眼秀眉清。風流不在著衣新。俊俏行中首領。　下筆千言立就，揮毫四坐皆驚。青錢萬選好聲名。一見人人起敬。

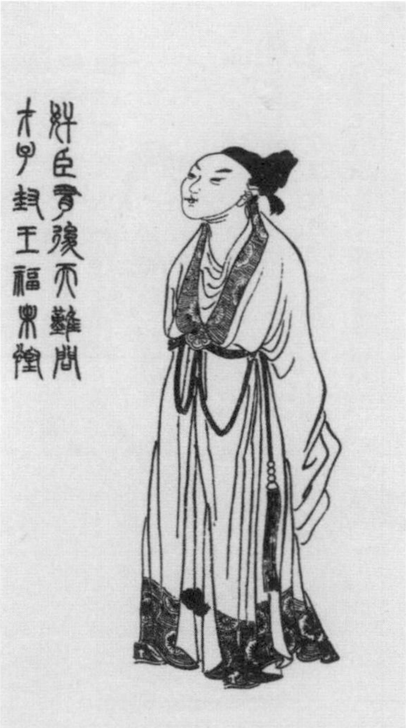

清《圖像三國志》中的曹植像。

錢生家世書香，產微業薄，不幸父母早喪，愈加零替※17。所以年當弱冠，無力娶妻，止與老僕錢興相依同住。錢興日逐做些小經紀，供給家主，每每不敷，一饑兩飽。幸得其年游庠※18，同縣有個表兄，住在北門之外，家道頗富，就延他在家讀書。那表兄姓顏，名俊，字伯雅，與錢生同庚生，都是一十八歲，顏俊只長得三個月，故此錢生呼之為兄。父親已逝，止有老母在堂，亦未曾定親。說話的，那錢青因家貧未娶，顏俊是富家之子，如何一十八歲，還沒老婆？其中有個緣故。那顏俊有個好高之病，立誓要揀個絕美的女子，方與他締姻，所以急切不能成就。況且顏俊自己又生得十分醜陋，怎見得？亦有《西江月》為證：

面黑渾如鍋底，眼圓卻似銅鈴。痘疤密擺泡頭釘。黃髮鬔鬆兩鬢。　牙齒真金鍍就，身軀頑鐵敲成。楂開五指鼓鎚能，枉了名呼「顏俊」。

註

※14挨風緝縫：比喻尋找機會，攀交情、拉關係。
※15潘安：晉代潘岳生得俊美，故後世形容美男子，多以潘安代稱。
※16子建：即曹植，三國時曹操的第三個兒子，曹丕之弟，在文學上頗有造詣，與父親曹操、兄長曹丕並稱「三曹」。
※17零替：家道中落；衰敗。
※18游庠：古代秀才科舉考試及格。也作「遊庠」。庠，讀作「翔」。

那顏俊雖則醜陋，最好粧扮，穿紅著綠，低聲強笑，自以為美。更兼他腹中全無滴墨，紙上難成片語，偏好攀今掉古，賣弄才學。錢青雖知不是同調※19，卻也藉他館地，為讀書之資，每事左湊※20著他。故此顏俊甚是喜歡，事事商議而行，甚說得著。

話休絮煩。一日，正是十月初旬天氣，顏俊有個門房遠親，姓尤名辰，號少梅，為人生意行中，頗頗伶俐。領借顏俊些本錢，在家開個菓子店，營運過活。其日在洞庭山販了幾擔橙橘回來，送一盤到顏家獻新。他在山上，聞得高家選婿之事，說話中間偶然對顏俊敘述，也是無心之談。誰知顏俊倒有意了，想道：「我一向要覓一頭好親事，都不中意，不想這段姻緣，卻落在那裡。憑著我恁般才貌，又有家私※21，若央媒去說，再增添幾句好話，怕道不成！」那日一夜睡不著，天明起來，急急梳洗了，到尤辰家裡。尤辰剛剛開門出來，見了顏俊，便道：「大官人為何今日起得恁早？」顏俊道：「便是有些正事，欲待相煩；恐老兄出去了，特特早來。」尤辰道：「不知大官人有何事見委？請裡面坐了領教。」顏俊到坐啟下作了揖，分賓而坐。尤辰又道：「大官人但有所委，必當效力。只怕用小子不著。」顏俊道：「此來非為別事，特求少

✦洞庭紅橘是洞庭山的特產。（圖片攝影、來源：jacqueline macou）

梅作伐[22]。」尤辰道：「大官人作成小子賺花紅錢，最感厚意。不知說的是那一頭親事？」顏俊道：「就是老兄昨日說的洞庭西山高家這頭親事，於家下甚是相宜，求老兄作成小子則個。」尤辰「格」的笑了一聲道：「大官人莫怪小子直言！若是別家，小子也就與你去說了；那個高家，大官人作成別人做媒罷。」顏俊道：「老兄為何推托？這是你說起的，怎麼又叫我去尋別人？」尤辰道：「不是小子推托。只為高老有些古怪，不容易說話，所以遲疑。」顏俊道：「別件事或者有些東扯西拽，東掩西遮，不容易說話。這做媒乃是冰人[22]撮合，一天好事。除非他女兒不要嫁人便罷休；不然，少不得男媒女妁，隨他古怪煞，須知媒人不可怠慢，你怕他怎的？還是你故意作難，不肯總成[23]我這樁美事？這也不難，我就央別人去說，說

註

※19同調：興趣志向相投。
※20左湊：遷就、順從。
※21家私：家產。
※21作伐：幫人作媒。出自《詩經．豳風．伐柯》：「伐柯如何？匪斧不克；取妻如何？匪媒不得。」一把好的斧頭，需要有一個相襯的斧柄；如同男子娶妻，必須經過一套迎娶程序才行，媒人則是這套程序中的一個重要環節。意即，男子娶妻必須有媒人作媒。
※22冰人：媒人。《晉書．藝術傳．索紞》：「孝廉令狐策夢立冰上，與冰下人語。」紞曰：『……君當爲人作媒，冰泮而婚成。』」舉人令狐策夢見站在冰上，跟冰下之人對話，……你應替人作媒冰融則婚成。
※23總成：作成、成全。

成了時，休想吃我的喜酒！」說罷，連忙起身。那尤辰領借顏俊家本錢，平日奉承他的，見他有怫然不悅之意，即忙回船轉舵道：「大官人莫要性急，且請坐了，再細細商議。」顏俊道：「肯去說便去，不肯就罷了，有甚話商量得？」口裡雖是恁般說，身子卻又轉來坐下。尤辰道：「不是我故意作難，那老兒真個古怪。別家相媳婦，他偏要相女婿。但得他當面看得中意，纔將女兒許他。有這些難處，只怕勞而無功，故此不敢把這個難題目包攬在身上。」顏俊道：「依你說，也極容易。他要當面看我時，就等他看個眼飽。我又不殘疾，怕他怎地？」尤辰不覺呵呵大笑道：「大官人，不是衝撞你。說大官人雖則不醜，更有比大官人勝過幾倍的，他還看不上眼哩！大官人若是不把與他見面，這事縱沒一分二分，還有一厘二厘。若是當面一看，便萬分難成了。」顏俊道：「常言『無謊不成媒』。你與我包荒※24，只說十二分人才，或者該是我的姻緣，一說一就，不要面看，也不可知。」尤辰道：「倘若要看時，卻怎地？」顏俊道：「且到那時，再有商量。只求老兄速去一言。」尤辰道：「既蒙

✦洞庭湖與湖畔的岳陽樓景色風光。圖為日本江戶時代畫家池大雅繪製的屏風畫《樓閣山水圖》。

分付，小子好歹去走一遭便了。」顏俊臨起身，又叮嚀道：「千萬，千萬！說得成時，謝銀二十兩。這紙借契，先奉還了。媒禮花紅※25在外。」尤辰道：「當得，當得！」

顏俊別去。不多時，就教人封上五錢銀子，送與尤辰為明日買舟之費。顏俊那一夜，又在床上又睡不著，想道：「倘他去時不盡其心，葫蘆提※26回覆了我，可不枉走一遭？再差一個伶俐家人跟隨他去，聽他講甚言語。好計，好計！」等待天明，便喚家童小乙來，跟隨尤辰往山上去說親。小乙去了，顏俊心中牽掛，即忙梳洗往近處一個關聖廟中求籤，卜其事之成否。當下焚香再拜，把籤筒搖了幾搖，撲的跳出一籤，拾起看時，卻是第七十三籤。籤上寫得有籤訣四句，云：

憶昔蘭房分半釵，而今忽把信音乖。
癡心指望成連理，到底誰知事不諧。

註

※24包荒：比喻遮掩，隱瞞。
※25花紅：此指辦喜事時打賞的紅包、錢財。
※26葫蘆提：含糊；敷衍。

顏俊才學雖則不濟，這幾句簽訣文義顯淺，難道好歹不知？求得此籤，心中大怒，連聲道：「不準，不準！」撒袖出廟門而去。回家中坐了一會，想道：「此事有甚不諧？難道真個嫌我醜陋，不中其意？男子漢須比不得婦人，只是出得人前罷了。一定要選個陳平※27、潘安不成？」一頭想，一頭取鏡子自照，側頭側腦的看了一回。良心不昧，自己也看不過了，把鏡子向桌上一撇，歎了一口寡氣，呆呆而坐。准准的悶了一日不題。

且說尤辰是日同小乙駕了一隻三櫓快船，趁著無風靜浪，咿呀欸乃的搖到西山高家門首停舶，剛剛是未牌時分。小乙將名貼遞了。高公出迎，問其來意。說是「與令愛作伐」。高贊問是何宅？尤辰道：「就是敝縣一個舍親，家業也不薄，與宅上門戶相當。此子年方十八，讀書飽學。」高贊道：「人品生得如何？老漢有言在前，定要當面看過，方敢應承。」尤辰見小乙緊緊靠在椅子後邊，只得

✦日落時的蘇州太湖景色。（圖片攝影、來源：jun zuo）

不老實扯個大謊，便道：「若論人品，更不必言。堂堂一軀，十全之相。況且一腹文才，十四歲出去考童生※28，縣裡就高高取上一名。這幾年為丁了父憂，不曾進院，所以未得游庠。有幾個老學看了舍親的文字，都許他京解之才※29。就是在下，也非慣於為媒的，因年常在貴山買果，偶聞令愛才貌雙全，老翁又慎於擇婿，因思舍親正合其選，故此斗膽輕造。」高贊聞言，心中甚喜，便道：「令親果然有才有貌，老漢敢不從命？但老漢未曾經目，終不放心，若是足下引令親過寒家一會，更無別說。」尤辰道：「小子並非謬言，老翁他日自知。只是舍親是個不出書房的小官人，或者未必肯到宅上。就是小子攛掇來時，若成得親事還好，萬一不成，舍親何面目回轉！小子必然討他抱怨了。」高贊道：「既然人品十全，豈不有成之理？老夫生性是這般小心過度的人，所以必要著眼。若是令親不屑下顧，待老漢到宅，足下不意之中引令親來一覿，卻不妥貼？」尤辰恐怕高贊身到吳江訪出顏俊之醜，即忙轉口道：「既然尊意必要會面，小子還同舍親奉拜，不敢煩尊駕動履。」說罷告別。高公那裡肯放，忙教整酒肴相款。吃到更餘，高公留宿。尤辰道：「小舟帶

註

※27陳平：漢初陽武（今河南省陽武縣東南）人。幼年喜好讀書，容貌俊美，多謀略，先輔佐項羽，後來爲劉邦出謀劃策。
※28童生：明清兩代，沒有考秀才或未考取秀才的士人。
※29京解之才：有考中舉人、進士的才能。

有鋪陳，明日要早行，即令奉別。等舍親登門，卻又相擾。」高公取舟金一封相送。尤辰作謝下船。次早順風，拽起飽帆，不勾大半日，就到了吳江。顏俊正呆呆的站在門前望信，一見尤辰回家，便迎住問道：「有勞老兄往返，事體如何？」尤辰把問答之言，細述一遍：「他必要面會，大官人如何處置？」顏俊默然無言。尤辰便道：「暫別再會。」自回家去了。顏俊到裡面喚過小乙來，問其備細，只恐尤辰所言不實。小乙說來，果是一般。顏俊沉吟了半晌，心生一計，再走到尤辰家，與他商議。不知說的是甚麼計策？正是：

為思佳偶情如火，索盡枯腸夜不眠。
自古姻緣皆分定，紅絲豈是有心牽？

顏俊對尤辰道：「適纔老兄所言，我有一計在此，也不打緊。」尤辰道：「有何好計？」顏俊道：「表弟錢萬選，向在舍下同窗讀書。他的才貌，比我勝幾分兒。明日我央及他同你去走一遭，把他只說是我，哄過一時。待行過了聘，不怕他賴我的姻事。」尤辰道：「若看了錢官人，萬無不成之理，只怕錢官人不肯。」顏俊道：「他與我至親，又相處得極好，只央他點一遍名兒，有甚虧他處！料他決然無辭。」說罷，作別回家。其夜，就到書房中陪錢萬選夜飲，酒肴比常分外整齊。

錢萬選愕然道：「日日相擾，今日何勞盛設？」顏俊道：「且吃三盃，有小事相煩賢弟則個。只是莫要推故。」錢萬選道：「小弟但可效勞之處，無不從命。只不知甚麼樣事？」顏俊道：「不瞞賢弟說，對門開果子店的尤少梅，與我作伐，說的女家，是洞庭西山高家。一時間誇了大口，說我十分才貌，不想說得忒※30高興了，那高老定要先請我去面會一會，然後行聘。昨日商議：若我自去，恐怕不應了前言，一來少梅沒趣，二來這親事就難成了。故此要勞賢弟認了我的名色※31同少梅一行，瞞過那高老，玉成這頭親事，感恩不淺。愚兄自當重報。」錢萬選想了一想，道：「別事猶可，這事只怕行不得。一時便哄過了，後來知道，你我都不好看相。」顏俊道：「原只要哄過這一時，若行聘過了，就曉得也不怕他。他又不認得你是什麼人。就怪也只怪得媒人，與你什麼相干？況且他家在洞庭西山，百里之隔，一時也未必知道。你但放心前去，倒不要畏縮。」錢萬選聽了，沉吟不語。欲待從他，不是君子所為；欲待不從，必然取怪，這館就處不成了，事在兩難。顏俊見他沉吟不決，便道：「賢弟，常言道：天攤下來，自有長的撐住。凡事有愚兄在前，賢弟休得過慮。」錢萬選道：「雖然如此，只是愚弟衣衫襤褸，不稱仁兄之相。」顏俊

註

※30忒：過分、過甚。通「太」。

※31名色：此指名義。

道：「此事愚兄早已辦下了。」是夜無話。

次日，顏俊早起，便到書房中，喚家童取出一皮箱衣服，都是綾羅紬※32絹、時新花樣的翠顏色，時常用龍涎慶真餅※33熏得撲鼻之香，交付錢青行時更換。下面淨襪絲鞋，只有頭巾不對※34，即時與他換了一頂新頭巾。封著二兩銀子，送與錢青道：「薄意權充紙筆之用，後來還有相酬。這一套衣服，就送與賢弟穿了。日後只求賢弟休向人說洩漏其事。今日約定了尤少梅，明日早行。」錢青道：「一依尊命。這衣服小弟暫時借穿，回時依舊納還。這銀子一發不敢領了。」顏俊道：「古人車馬輕裘，與朋友共。※35就沒有此事相勞，那幾件粗衣，奉與賢弟穿了，不為大事。這些須薄意，不過表情，辭時反教愚兄慚愧。」錢青道：「既是仁兄盛情，衣服便勉強領下，那銀子斷然不敢領。」顏俊道：「若是賢弟固辭，便是推托了。」錢青方纔受了。顏俊是日約會尤少梅。尤辰本不肯擔這干紀※36，只為不敢得罪於顏俊，勉強應承。顏俊預先備

顏俊喚家童取出一皮箱衣服，都是綾羅紬絹、時新花樣的翠顏色，交付錢青行時更換。（古版畫，選自《今古奇觀》明末吳郡寶翰樓刊本。）

下船隻，及船中供應食物和鋪陳之類。又撥兩個安童※37伏侍，連前番跟去的小乙，共是三人。絹衫氈包，極其華整。隔夜俱已停當。又分付小乙和安童：「到彼只當自家大官人稱呼，不許露出個『錢』字。」過了一夜，侵早就起來，催促錢青梳洗打扮。錢青貼裡貼外都換了時新華麗衣服，行動香風拂拂，比前更覺標致。

分明荀令留香※38去，疑是潘郎擲果回。

顏俊請尤辰到家，同錢青喫了早飯。小乙和安童跟隨下船。又遇了順風，片帆

註

※32紬：讀作「籌」。絲織品的通稱。通「綢」。

※33龍涎慶眞餅：一種用抹香鯨體內分泌的香液製成的香餅，以供薰香之用。

※34頭巾不對：古人頭巾是按照身份配戴，錢青是秀才所用的是垂帶軟巾，而顏俊不是秀才，不能配戴。明太祖對生員頭巾與服裝有很嚴格的規定，違反會被懲處。

※35古人車馬輕裘，與朋友共：語出《論語．公冶長》，孔子要學生們各言其志向，子路曰：「願車馬、衣輕裘，與朋友共。敝之而無憾。」願將車馬和所穿的輕裘和朋友共享，就算衣衫襤褸也無憾恨。此處襯托出嚴俊的虛情假意，意在利用錢青。

※36干紀：責任、關係。

※37安童：侍童。

※38荀令留香：漢朝荀彧，人稱荀令君，相傳以奇香熏衣服，所到之處，香味三日不散。典故出自《太平御覽．卷七〇三．服用部．香爐》。此處用以比喻超凡脫俗的風采。

直吹到洞庭西山。天色已晚，舟中過宿。次日早飯過後，約莫高贊起身，錢青全束寫顏俊名字拜貼，謙遜些，加個「晚」字。小乙捧貼，到高家門首投下，說：「尤大舍引顏宅小官人特來拜見。」高家僕人認得小乙的，慌忙通報。高贊傳言快請。假顏俊在前，尤辰在後，步入中堂。高贊一眼看見那個小後生，人物軒昂，衣冠濟楚※39，心中已自三分歡喜。敘禮已畢，高贊看椅上坐。錢青自謙幼輩，再三不肯。只得東西昭穆※40坐下，高贊肚裡暗暗歡喜：「果然是個謙謙君子。」坐定，先是尤辰開口，稱謝前日相擾。高翁答言「多慢」，接口就問道：「此位就是令親顏大官人？前日不曾問得貴表※41。」錢青道：「年幼無表。」尤辰代言：「舍親表字伯雅，伯仲之伯，雅俗之雅。」高贊道：「尊名尊字，俱稱其實。」錢青道：「不敢。」高贊又問起家世。錢青一一對答，出詞吐氣，十分溫雅。高贊想道：「外才已是美了，不知他學問如何？且請先生和兒子出來相見，盤※42他一盤，便見有學無學。」獻茶二道，分付家人：「書館中請先生和小舍出來見客。」去不多時，只見五十多歲一個儒者，引著一個垂髫※43學生出來。眾人一齊起身作揖。高贊一一通名：「這位是小兒的業師，姓陳，見在府庠；這就是小兒高標。」錢青看那學生，生得眉清目秀，十分俊雅。心中想道：「此子如此，其姊可知，顏兄好造化※44哩！」又獻了一道茶，高贊便對先生道：「此位尊客是吳江博雅，年少高才。」那陳先生已會了主人之意，便道：「吳江是人才之地，見高識廣，定然不同。請問貴邑有三高祠，還是那三個？」錢青答言：「范蠡※45、張翰※46、陸龜蒙※47。」又問：「此三人何以見得他高處？」錢青一一分疏出來。兩個遂互相盤問了一回。錢青見那先生學問平常，故意談天說地，講古論今，驚得先生一字俱無，連稱道：「奇才！奇才！」把一個高贊就喜得手舞足蹈，忙喚家人悄悄分付備飯，要整齊些。家人聞言，即時擺開桌子，排下五色果品。高贊取杯箸安席。錢青答敬，

註

※39衣冠濟楚：冠帽服裝整齊好看。

※40昭穆：古代宗廟的輩份排列，左列爲昭，右列爲穆。此處代稱左右。

※41表：即表字。古人成年之後，習慣在本名之外，另取一個相關的字號，一般人很少稱名，都以表字稱呼。

※42盤：詳加探詢。

※43垂髫：指童子；古時童子不束髮，讓頭髮垂在額前。髫，讀作「條」。

※44造化：福份；運氣。

※45范蠡：春秋時期楚國宛人，是越國的大夫。越國被吳國所敗，隨勾踐到吳國當人質，後來滅了吳國，范蠡退隱江湖，化名陶朱公。

※46張翰：字季鷹，晉吳郡人，生卒年不詳。善寫文章，當時人稱「江東步兵」。曾被齊王司馬冏任命爲大司馬曹掾，張翰知齊王將兵敗，又因思念家鄉菜餚，遂歸故里。侍母至孝，著有〈首邱賦〉等數十篇。

※47陸龜蒙：字魯望，自號江湖散人、甫里先生、天隨子。唐長洲（今江蘇吳縣）人。與皮日休交好，人稱爲「皮陸」。所作散文針貶晚唐時政；以寫景詠物詩擅長。著有《甫里集》、《耒耜經》等。

※48添案小喫：佐酒的小菜。

謙讓了一回，照前昭穆坐下。三湯十菜，添案小喫※48，頃刻間擺滿了桌子，真個咄嗟而辦※49。你道為何如此便當？原來高贊的媽媽金氏，最愛其女。聞得媒人引顏小官人到來，也伏在遮堂※50北後張看。看見一表人才，語言響亮，自家先中意，料高老必然同心，故此預先準備筵席。一等分付，流水的就搬出來。賓主共是五位。酒後飯，飯後酒，直吃到紅日銜山。錢青和尤辰起身告辭。高贊心中甚不忍別，意欲攀留幾日。錢青那裡肯住。高贊留了幾次，只得放他起身。錢青拜別了陳先生，口稱承教；次與高公作謝道：「明日早行，不得再來告別！」高贊道：「倉卒怠慢，勿得見罪。」小學生也作揖過了。金氏已備下幾色嗄程※51相送，無非是酒米魚肉之類。又有一封舟金。高贊扯尤辰到背處，說道：「顏小官人才貌，更無他說。若得少梅居間成就，萬分之幸。」尤辰道：「小子領命。」高贊直送上船，方纔分別。當夜夫妻兩口說了顏小官人一夜。正是：

不須玉杵千金聘，已許紅繩兩足纏。

明代嵌螺鈿漆花鳥紋座屏風。
（圖片來源：Metropolitan Museum of Art）

再說錢青和尤辰，次日開船，風水不順，直到更深方纔抵家。顏俊兀自秉燭夜坐，專聽好音。二人叩門而入，備述昨朝之事。顏俊見親事已成，不勝之喜，忙忙的就本月中擇個吉日行聘。果然把那二十兩借契，送還了尤辰，以為謝禮。就擇了十二月初三日成親。高贊得意了女婿，況且妝奩久已完備，並不推阻。日往月來，不覺十一月下旬，吉期將近。原來江南地方娶親，不行古時親迎之禮，都是女親家和阿舅自送上門。女親家謂之「送娘」，阿舅謂之「抱嫁」。高贊為選中了乘龍佳婿※52，到處誇揚，今日定要女婿上門親迎，準備大開筵宴，遍請遠近親鄰喫喜酒。先遣人對尤辰說知。尤辰喫了一驚！忙來對顏俊說了。顏俊道：「這番親迎，少不得我自去走遭。」尤辰跌足道：「前日女婿上門，他舉家都看個飽，行樂圖也畫得出在那裡；今番又換了一個面貌，教做媒的如何措辭？好事定然中變，連累小子必然受辱！」顏俊聽說，反抱怨起媒人來，道：「當初我原說過來，該是我姻緣，自然成就。若第一次上門時自家去了，那見得今日進退兩難！都是你捉弄我，故意說

註

※49咄嗟而辦：傾刻間就準備好。
※50遮堂：屏風。
※51嗄程：送行餽贈的禮物。嗄，讀作「煞」。
※52乘龍佳婿：比喻好女婿。典故出自《藝文類聚．卷四十．禮部下．婚引楚國先賢傳》。孫雋與李元禮兩人都娶太尉桓焉的女兒，當時人稱兩女俱乘龍，即得到如龍一般的女婿。

得高老十分古怪，不要我去，教錢家表弟替了。誰知高老甚是好情，一說就成，並不作難。這是我命中注定，該做他家的女婿，豈因見了錢表弟，方纔肯成！況且他家已受聘禮了，他的女兒就是我的人了，敢道個不字麼？你看我今番自去，他怎生發付※53我？難道賴我的親事不成？」尤辰搖著頭道：「成不得。人也還在他家，你狠到那裡去？若不肯把人送上轎，你也沒奈何他。」顏俊道：「多帶些從人去，肯便肯，不肯時，打進去搶將回來。便告到官司，有生辰吉貼為證。只是賴婚的不是我，並沒差處。」尤辰道：「大官人休說滿話。常言道：『惡龍不鬥地頭蛇。』你的從人雖多，怎比得坐地的有增無減？萬一弄出事來，纏到官司，那老兒訴說求親的是一個，娶親的又是一個，官府免不得喚媒人詰※54問。刑罰之下，小子只得實說，連錢大官人前程干係，不是耍處。」顏俊想了一想，道：「既如此，索性不去了，勞你明日去回他一聲，只說前日已曾會過了，敝縣沒有親迎的常規，還是從俗送親罷。」尤辰道：「一發成不得。高老因看上了佳婿，到處誇其才貌。那些親鄰專等親迎之時，都要來廝認，這是斷然要去的。」顏俊道：「如此怎麼好？」尤辰道：「依小子愚見，更無別策，只得再央令表弟錢大官人走遭，索性哄他到底。哄得新人進門，你就靠家大了，不怕他又奪了去。結姻之後，縱然有話，也不怕他了。」顏俊頓了一頓，只道：「話倒有理，只是我的親事，倒作成別人去風光。央及他時，還有許多作難哩！」尤辰道：「事到其間，不得不如此了。風光只在一時，怎及得大官人終身受用？」顏俊又喜又惱，當下別了尤辰，回到書房，對錢青說道：「賢弟，又要相煩一事。」錢青道：「不知兄又有何事？」顏俊道：「出月※55初三，是愚兄畢姻之期。初二日就要去親迎。原要勞賢弟一行，方纔妥當。」錢青道：「前日代勞，不過泛然之事；今番親迎，是個大禮，豈是小弟代得的？這個斷然不可。」顏俊道：「賢弟所言雖當，但因初番會面，他家已認得了；如今忽換我去，必然疑心。此事恐有變卦，不但親事不成，只恐還要成訟。那時連賢弟也有干係，卻不是為小妨大，把一天好事自家弄壞了？若得賢弟親迎回來，成就之後，不怕他閒言閒語。這是個權宜之術，賢弟須知塔尖上功德※56，休得固辭。」錢青見他說得情辭懇切，只索依允。顏俊又喚過吹手及一應接親人從，都分付了說話，不許漏洩風聲。取得親回，都有重賞。眾人誰敢不依。

到了初二日侵晨※57，尤辰便到顏家相幫，安排親迎禮物，及上門各項賞賜，都封停當。其錢青所用，及儒巾圓領、絲絛皂靴，並皆齊備。又分派各船食用，大

註

※53發付：打發、處置。
※54詰：讀作「傑」，問。
※55出月：下個月。
※56塔尖上功德：比喻只差一點，事情就已完成。
※57侵晨：天將破曉。

船二隻，一隻坐新人，一隻媒人共新郎同坐。中船四隻，散載眾人。小船四隻，一者護送，二者以備雜差。十餘隻船，篩鑼掌號，一齊開出湖去。一路流星炮杖，好不興頭。正是：

門闌多喜氣，女婿近乘龍。

船到西山，已是下午，約莫離高家半里停泊。尤辰先到高家報信。一面安排親迎禮物，及新人乘坐百花綵轎、燈籠火把，共有數百。錢青打扮整齊。另有青絹煖轎，四抬四綽※58，笙簫鼓樂，徑望高家而來。那山中遠近人家，都曉得高家新女婿才貌雙全，競來觀看。挨肩並足，如看神會故事的一般熱鬧。錢青端坐轎中，美如冠玉，無不喝采。有婦女曾見過秋芳的，便道：「這般一對夫妻，真個郎才女貌。高家揀了許多女婿，今日果然被他揀著了！」不題眾人，且說高贊家中大排筵席，

✦奠雁行禮已畢，然後諸親一一相見。眾人見新郎俊美，一個個暗暗稱羨。（古版畫，選自《今古奇觀》明末吳郡寶翰樓刊本。）

親朋滿坐。未及天晚，堂中點得畫燭通紅。只聽得樂聲聒耳，門上人報道：「嬌客※59轎子到門了。」儐相※60披紅插花，忙到轎前作揖。念了詩賦，請出轎來。眾人謙恭揖讓，延至中堂，奠雁行禮已畢，然後諸親一一相見。眾人見新郎俊美，一個個暗暗稱羨。獻茶後，吃了茶果點心，然後定席安位。此日親女婿與尋常不同，面南專席，諸親友環坐相陪，大吹大擂的飲酒。隨從人等，外廂另有款待。

且說錢青坐於席上，只聽得眾人不住聲的贊他才貌，賀高老選婿得人。錢青肚裡暗笑道：「他們好似見鬼一般，我好像做夢一般。做夢的醒了，也只扯淡※61。那些見神見鬼的，不知如何結果哩！」又想道：「我今日做替身，擔了虛名，不知實受還在幾時？料想不能如此富貴。」轉了這一念，覺得沒興起來，酒也懶吃了。高贊父子輪流敬酒，甚是慇懃。錢青怕擔誤了表兄的正事，急欲抽身。高贊固留，又坐了一回。用了湯飯，僕從的酒都喫完了。約莫四鼓，小乙走在錢青席邊，催促起身。錢青教小乙把賞封※62給散，起身作別。高贊量度已是五鼓時分，賠嫁粧奩俱已

註

※58四抬四綽：寬綽的四人抬轎。
※59嬌客：對女婿的稱呼。
※60儐相：婚禮儀式中，引導新郎、新娘行禮的人。
※61扯淡：胡扯、瞎說。
※62賞封：把賞錢裝在紅包裡，分派給僕人。

點檢下船，只待收拾新人上轎。只見船上人都走來說：「外邊風大，難以行船。且消停一時，等風頭緩了好走。」原來半夜裡便發了大風，那風刮得好利害！只見：

山間拔木揚塵，湖內騰波起浪。

只為堂中鼓樂喧闐，全不覺得。高贊叫樂人住了吹打，聽時，一片風聲，吹得怪響。眾皆愕然。急得尤辰只把腳跳。高贊心中大是不樂，只得重請入席，一面差人在外專看風色。看看天曉，那風越狂起來，刮得彤雲密布，雪花飛舞。眾人都起身看著天，做一塊個兒商議。一個道：「這風還不像就住※63的。」一個道：「半夜起的風，原要半夜裡住。」又一個道：「這等雪天，就是沒風，也怕行不得。」又一個道：「只怕這雪還要大哩。」又一個道：「風太急了，只怕湖膠※64。」又一個道：「這太湖不愁他膠斷，還怕的是風雪。」眾人是恁般閒講，高老和尤辰好生氣悶。又捱一會，喫了早飯，風愈狂，雪愈大，料想今日過湖不成，錯過了吉日良時，

✦北宋政和元年（西元1111年），首次記載了太湖結冰，冰層厚到可通行車馬，島上柑橘皆凍死。圖為太湖日出。（圖片攝影、來源：JasonHuen）

殘冬臘月，未必有好日了。況且笙簫鼓樂乘輿而來，怎好教他空去？事在千難萬難之際，坐間有個老者，喚做周全，是高贊老鄰，平日最善處分鄉里之事。見高贊沉吟無計，便道：「依老漢愚見，這事一些不難。」高贊道：「足下計將安在？」周全道：「既是選定日期，豈可錯過！令婿既已到宅，何不就此結親？趁這筵席，做了花燭。等風息從容回去，豈非全美？」眾人齊聲道：「最好！」高贊正有此念，卻喜得周老說話投機，當下便分付家人準備洞房花燭之事。卻說錢青，雖然身子在此，本是個局外之人。起初風大風小，也還不在他心上。忽見周全發此議論，暗暗心驚，還道高老未必聽他；不想高老欣然應允，老大著忙，暗暗叫苦。欲央尤少梅代言，誰想尤辰平昔好酒，一來天氣寒冷，二來心緒不佳，斟著大杯只顧喫，喫得爛醉如泥，在一壁廂空椅子上打鼾去了。錢青只得自家開口道：「此百年大事，不可草草。不妨另擇個日子，再來奉迎。」高贊那裡肯依，便道：「翁婿一家，何分彼此！況賢婿尊人已不在堂，可以自專。」說罷，高贊入內去了。錢青又對各位親鄰再三央及，不願在此結親。眾人都是奉承高老的，那一個不極口贊成。錢青此時無可奈何，只推出恭，到外面時，卻叫顏小乙與他商議。小乙心上也道不該，只教

註

※63住：停止。
※64湖膠：湖面結冰。

錢秀才推辭，此外別無良策。錢青道：「我已辭之再四，其奈高老不從。若執意推辭，反起其疑。我只要委曲周全你家主一樁大事，並無欺心。若有苟且，天地不容。」主僕二人正在講話，眾人都攢攏來道：「此是美事，令岳意已決矣！大官人不須疑慮。」錢青嘿然※65無語。眾人揖錢青請進。午飯已畢，重排喜筵。儐相披紅喝禮，兩位新人打扮登堂，照依常規行禮，對了花燭。正是：

百年姻眷今宵就，一對夫妻此夜新。
得意事成失意事，有心人遇沒心人。

其夜酒闌人散，高贊老夫婦親送新郎進房。伴娘替新娘卸了頭面，幾遍催新郎安置，錢青只不答應。正不知什麼意故？只得伏侍新娘先睡，自己出房去了。丫鬟將房門掩上，又催促官人上床。錢青心上，早如小鹿亂撞，勉強答應一句道：「你們先睡。」丫鬟們亂了一夜，各自倒東歪西去打瞌睡。錢青本待秉燈達旦，一時不曾討得幾枝蠟燭，到燭盡時，又不

圖為洞庭湖君山島上的婚禮大堂布置。（圖片攝影、來源：Huangdan2060 ）

好聲喚。忍著一肚子悶氣，和衣在床外，側身而臥，也不知女孩兒頭東頭西。次早清清天亮，便起身出外，到舅子書館中去梳洗。高贊夫妻只道他少年害羞，亦不為怪。是日雪雖住了，風尚不息。高贊且做慶賀筵席。錢青喫得酩酊大醉，坐到更深進房。女孩兒又先睡了。錢青打熬不過，依舊和衣而睡，連小娘子的被窩兒也不敢觸著。又過一晚，早起時見風勢稍緩，便要起身。高贊定要留過三朝，方纔肯放。錢青拗不過，只得又喫了一日酒。坐間背地裡和尤辰說起夜間和衣而臥之事。尤辰口雖答應，心下未必准信。事已如此，只索由他。

卻說女孩兒秋芳，自結親之夜，偷眼看那新郎，生得果然齊整，心中暗暗歡喜。一連兩夜，都則衣不解帶，不解其故：「莫非怪我先睡了，不曾等待得他？」此是第三夜了，女孩兒預先分付丫鬟：「只等官人進房，先請他安息。」丫鬟奉命，只等新郎進來，便替他解衣科帽。錢青見不是頭，除了頭巾，急急的跳上床去，貼著牀裡自睡，仍不脫衣。女孩兒滿懷不樂，只得也和衣睡了，又不好告訴爹娘。到第四日，天氣晴和。高贊預先備下送親船隻，自己和老婆親送女孩兒過湖。娘女共是一船，高贊與錢青、龍辰又是一船。船頭俱掛了雜綵，鼓樂振天，好不鬧

註

※65嘿然：默然無語，稍事休息。嘿，讀作「默」。同今「默」字，是默的異體字。

熱。只有小乙受了家主之托，心中甚不快意，駕個小小快船，趕路先行。

話分兩頭。且說顏俊，自從打發眾人迎親去後，懸懸而望。至初二日半夜，聽得刮起大風大雪，心上好不著忙。也只道風雪中船行得遲，只怕錯了時辰。那想到過不得湖，一應花燭筵席準備十全，等了一夜，不見動靜，心下好悶。想道：「這等大風，倒是不曾下船還好；若在湖中行動，老大擔擾哩！」又想道：「若是不曾下船，我岳丈知道錯過吉期，豈肯胡亂把女兒送來；定然要另選個日子，又不知幾期吉利？可不悶殺了人！」又想道：「若是尤少梅能事時，在岳丈前攛掇，權且迎來，那時我那管時日利與不利，且落得早些受用。」如此胡思亂想，坐不安席，不住的在門前張望。到第四日風息，料到決有佳音。等到午後，只見小乙先回報道：「新娘已取來了，不過十里之遙。」顏俊問道：「吉期錯過，他家如何肯放新人下船？」小乙道：「高家只怕錯過好日，定要結親。錢大官人替東人權做新郎三日了。」顏俊道：「既結了親，這三夜錢大官人難道竟在新人房裡睡的？」小

太湖洞庭東山、西山隔湖相望，最近直線距離不到4公里，圖為正行駛過太湖湖面蘆葦的帆船。（圖片攝影：petrel_king）

乙道：「是同睡的，卻不曾動彈。那錢大官人是看得熟鴨蛋※66，伴得小娘睡的。」顏俊罵道：「放屁！那有此理！我托你何事？你如何不叫他推辭，卻做下這等勾當？」小乙道：「家人也說過來。錢大官人道：『我只要周全你家之事，若有半點欺心，天神鑒察！』」顏俊此時：

怒從心上起，惡向膽邊生。

一巴掌將小乙打在一邊，氣忿忿的奔出門外，專等錢青來廝鬧。恰好船已攏岸。

錢青終有細膩，預先囑付尤辰伴住高老，自己先跳上岸，只為自反無愧※67，理直氣壯，昂昂的步到顏家門首。望見顏俊，笑嘻嘻的正要上前作揖，告訴衷情。誰知顏俊以小人之心度君子之腹。此際便是仇人相見，分外眼睁！不等開言，便撲的一頭撞去，咬定牙根，狠狠的罵道：「天殺的！你好快活！」說聲未畢，查開五指，將錢青和巾和髮，扯做一把，亂踢亂打。口裡不絕聲的道：「天殺的！好欺

註

※66看得熟鴨蛋：意指錢青沒有趁人之危，與新娘行周公之禮。

※67自反無愧：問心無愧。（參考李平校注，《今古奇觀》，三民書局出版。）

心！別人費了錢財，把與你現成受用！」錢青口中也自分辯。顏俊打罵忙了，那裡聽他半個字兒。家人也不敢上前相勸。錢青喫打慌了，但呼救命。船上人聽得鬧吵，都上岸來看。只見一個醜漢，將新郎痛打，正不知甚麼意故？都趕近前解勸，那裡勸得他開。高贊盤問他家人，那家人料瞞不過，只得實說了。高贊不聞猶可，一聞之時，心頭火起，大罵：「尤辰無理，做這等欺三瞞四的媒人，說騙人家女兒！」也扭著尤辰，亂打起來。高家送親的人，也自心懷不平，一齊動手，要打那醜漢。顏家的家人，回護家主，就與高家從人對打。先前顏俊和錢青，是一對廝打。以後高贊和尤辰是兩對廝打。結末兩家家人，扭做一團廝打。看的人重重疊疊，越發多了。街道擁塞難行。卻似：

九里山前擺陣勢※68，昆陽城下賭輸贏※69。

事有湊巧：其時本縣大尹，恰好送了上司回轎，至於北門。見街上震天喧嚷，卻是廝打的。停了轎子喝教：拿下。眾人見知縣相公拿人，都則散了。只有顏俊，兀自扭住錢青，高贊兀自扭住尤辰，紛紛告訴，一時不得其詳。大尹都教帶

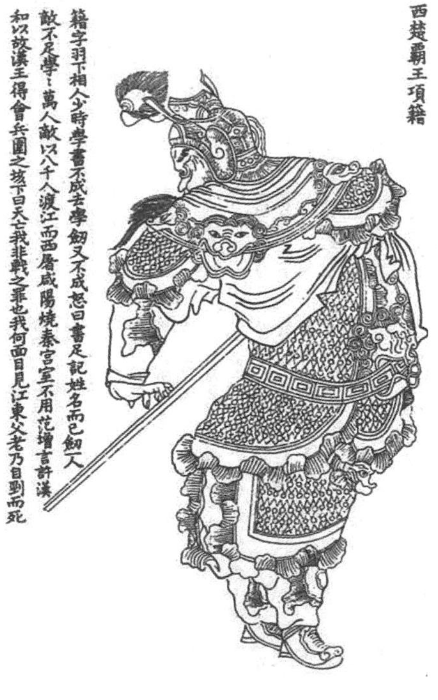

據說九里山是楚漢鏖兵的戰場，留有項羽兵敗的白雲洞。圖為清金史繪《南陵無雙譜》中的項羽畫像。

到公庭，逐一細審，不許攙口[70]。見高贊年長，先叫他上堂詰問。高贊道：「小人是洞庭山百姓，叫做高贊，為女擇婿，相中了女婿才貌，將女許配。初三日女婿上門親迎，因被風雪所阻，小人留女婿在家，完了親事。今日送女到此，不期遇了這個醜漢，將小人的女婿毒打。小人問其緣故，卻是那醜漢買囑媒人，要哄騙小人的女兒為婚。卻將那姓錢的後生，冒名到小人家裡。老爺只問媒人，便知奸弊。」大尹道：「媒人叫做甚名字？可在這裡麼？」高贊道：「叫做尤辰，見在臺下。」

大尹喝退高贊，喚尤辰上來，罵道：「弄假成真，以非為是，都是你弄出這個伎倆！你可實實供出，免受重刑。」尤辰初時，還只含糊抵賴。大尹發怒，喝教取來棍伺候。尤辰雖然市井，從未熬刑，只得實說：起初顏俊如何央小人去說親；高贊如何作難，要選才貌；後來如何央錢秀才冒名去拜望；直到結親始末，細細述了一遍。大尹點頭道：「此是實情了。顏俊這廝費了許多事，卻被別人奪了頭籌[71]，也怪不得發惱。只是起先設心哄騙的不是。」便教顏俊，審其口詞。顏俊已聽尤辰說了實話，又見知縣相公詞氣溫和，只得也敘了一遍。兩口相同。大尹結末喚錢青

註

※68九里山前擺陣勢：項羽劉邦相爭時，韓信在九里山設陣，將項羽圍困在其中之事。

※69昆陽城下賭輸贏：西漢末年，王莽篡漢，劉秀率兵與王莽主力部隊在昆陽決戰，將其擊敗。

※70攙口：插嘴。

※71奪了頭籌：此指搶在顏俊之前，搶先獲得高贊之女。

上來。一見錢青青年美貌，且被打傷，便有幾分愛憐之意。問道：「你是個秀才，讀孔子之書，達周公之禮，如何替人去拜望迎親、同謀哄騙，有乖※72行止？」錢青道：「此事原非生員所願。只為顏俊是生員表兄，生員家貧，又館穀於他家，被表兄再四央求不過，勉強應承。只道一時權宜，玉成其事。」大尹道：「住了！你既為親情而往，就不該與那女兒結親了。」錢青道：「生員原只代他親迎，只為一連三日大風，太湖之隔，不能行舟，故此高贊怕誤了婚期，要生員就彼花燭。」大尹道：「你自知替身，就該推辭了。」顏俊從旁磕頭道：「青天老爺，只看他應承花燭，便是欺心。」大尹喝道：「不要多嘴，左右扯他下去！」再問錢青：「你那時應承做親，難道沒有個私心？」錢青道：「只問高贊便知。生員再三推辭，高贊不允。生員若再辭時，恐彼生疑，誤了表兄的大事，故此權成大禮。雖則三夜同床，生員和衣而睡，並不相犯。」大尹呵呵大笑道：「自古以來，只有一個柳下惠※73坐懷不亂。那魯男子※74就自知不及，風雪之中，就不肯放婦人進門了。你少年子弟，血氣未定，豈有三夜同床，並不相犯之理？這話哄得那一個！」錢青道：「生員今日自陳心跡，父母老爺未必相信。只教高贊去問自己的女兒，便知真假。」大

柳下惠是著名的坐懷不亂代表人物，圖為清顧沅輯《古聖賢像傳略》中的柳下惠畫像。

尹想道：「那女兒若有私情，如何肯說實話？」當下想出個主意來，便教左右喚到老實穩婆※75一名，到舟中試驗。高氏是否處女，速來回話。不一時，穩婆來覆知縣相公，那高氏果是處子，未曾破身。顏俊在階下聽說高氏還是處子，便叫喊道：「既是小的妻子不曾破壞，小的情願成就。」大尹又道：「不許多嘴！」再叫高贊道：「你心下願將女兒配那一個？」高贊道：「小人初時原看中了錢秀才。後來女兒又與他做了花燭。雖然錢秀才不欺暗室※76，與小女即無夫婦之情，已定了夫婦之義。若教女兒另嫁顏俊，不惟小人不願，就是女兒也不願。」大尹道：「此言正合吾意。」錢青心下倒不肯，便道：「生員此行，實是為公不為私。若將此女歸了生員，把生員三夜衣不解帶之意，全然沒了。寧可令此女別嫁，生員決不敢冒此嫌疑，惹人談論。」大尹道：「此女若歸他人，你過湖這兩番，替人誆騙，便是行止

註

※72乖：違背、不合。

※73柳下惠：本名展禽。春秋時魯國人。生卒年不詳。因食邑封於柳下，謚號惠，故稱為「柳下惠」。《荀子大略》記載，展禽夜遇一名受凍的女子，怕他受寒擁他入眠，而沒有與他發生違矩的行為。

※74魯男子：魯國有一名單身男子，暴風雨將鄰居寡婦的房舍吹壞，他向男子借住一宿，男子為了避嫌而拒絕。

※75穩婆：協助婦女生產的婦人，俗稱接生婆。

※76不欺暗室：形容為人坦蕩光明磊落，即便在別人看不見的地方，也不做違背良心之事。

有虧，干礙前程了。今日與你成就親事，乃是遮掩你的過失。況你的心跡，已自洞然。女家兩相情願，有何嫌疑？休得過讓，我自有明斷。」遂舉筆判云：

高贊相女配夫，乃其常理；顏俊借人飾己，實出奇聞。東床※[77]已招佳選，何知以羊易牛※[78]？西鄰縱有責言※[79]，終難指鹿爲馬※[80]。兩番渡湖，不讓傳書柳毅※[81]；三宵隔被，何慚秉燭雲長※[82]。風伯爲媒，天公作合。佳男配了佳婦，兩得其宜；求妻到底無妻，自作之孽。高氏斷歸錢青，不須另作花燭。顏俊既不合設騙局於前，又不合奮老拳於後，事已不諧，姑免罪責。所費聘儀，合助錢青，以贖一擊之罪。尤辰往來煽誘，實啓釁端，重懲示儆。

判訖，喝教左右，將尤辰重責三十板，免其畫供，竟行逐出，蓋不欲使錢青冒名一事，彰聞於人也。高贊和錢青拜謝，一干人出了縣門。顏俊滿面羞慚，敢怒而不敢言，抱頭鼠竄而去，有好幾月不敢出門。尤辰自回家將息棒瘡不題。

卻說高贊邀錢青到舟中，反殷勤致謝道：「若非賢婿才行俱全，上官起敬，小女幾乎錯配匪人。今日倒要屈賢婿同小女到舍下，少住幾時。不知賢婿宅上還有何人？」錢青道：「小婿父母俱亡，別無親人在家。」高贊道：「既如此，一發該在舍下住了。老夫供給讀書。賢婿意下如何？」錢青道：「若得岳父扶持，足感盛德。」是夜，開船離了吳江，隨路歇宿。次日早到西山。一山之人，聞知此事，皆當新聞傳說。又知錢青存心忠厚，無不欽仰。後來錢青一舉成名，夫妻偕老。有詩為證：

醜臉如何騙美妻？作成表弟得便宜。
可憐一片吳江月，冷照鴛鴦湖上飛。

註

※77東床：指女婿。晉時郗鑒派人到王導家選女婿，王家子弟聽到消息後，都很矯揉做作以給對方好印象，只有王羲之與平常一般坦腹躺在東床進食，因而中選。典故出自《晉書．卷八十．王羲之傳》。

※78以羊易牛：典故出自《孟子．梁惠王上》：王坐於堂上，有牽牛而過堂下者，曰：「何可廢也，以羊易之。」梁惠王看到有人牽牛經過大殿外，不忍牛被殺，命人以羊代替。此處指錢青代替顏俊相親與迎娶之事。

※79西鄰縱有責言：親戚朋友縱然有責怪的言語。

※80指鹿爲馬：典故出自《史記．卷六．秦始皇本紀》。趙高獻給秦二世一隻鹿，故意指稱是馬，眾臣因畏懼趙高權勢，無人敢說眞話。後用以比喻顚倒是非黑白。

※81傳書柳毅：唐傳奇《柳毅傳》，元代尚仲賢改編雜劇《柳毅傳書》。書生柳毅巧遇受到丈夫虐待的龍女，並爲他傳書至洞庭龍宮求援，終得救贖，兩人結爲夫妻。

※82秉燭雲長：關羽與劉備的妻子共處一室，關羽持燭站在門外整夜讀書，始終以禮相待。此處用以讚美錢青不趁人之危的高尚人品。

第二十八卷　喬太守亂點鴛鴦譜

自古姻緣天定，不繇※1人力謀求。有緣千里也相投，對面無緣不偶。仙境桃花出水※2，宮中紅葉傳溝※3。三生簿上注風流，何用冰人開口。

這首〈西江月〉詞，大抵說人的婚姻，乃前生注定，非人力可以勉強。今日聽在下說一樁意外姻緣的故事，喚做〈喬太守亂點鴛鴦譜〉。這故事出在那個朝代？何處地方？那故事出在大宋景祐※4年間，杭州府有一人，姓劉名秉義，是個醫家出身。媽媽※5談氏，生得一對兒女，兒子喚做劉璞，年當弱冠，一表非俗，已聘下孫寡婦的女兒珠姨為妻。那劉璞自幼攻書，學業已就，到十六歲上，劉秉義欲令他棄了書本，習學醫業；劉璞立志大就，不肯改業，不在話下。女兒小名慧娘，年方一十五歲，已受了鄰近開生藥鋪裴九老家之聘。那慧娘生得姿容豔麗，意態妖嬈，非常標致。怎見得？但見：

◆劉晨、阮肇誤入桃源遇見仙女，圖為元趙蒼雲《劉晨阮肇入天台山圖》。（圖片來源：Metropolitan Museum of Art）

蛾眉帶秀，鳳眼含情。腰如弱柳迎風，面似嬌花拂水。體態輕盈，漢家飛燕同稱；性格風流，吳國西施並美。蕊宮仙子謫人間，月殿嫦娥臨下界。

不題慧娘貌美。且說劉公見兒子長大，同媽媽商議，要與他完姻。方待教媒人到孫家去說，恰好裴九老也教媒人來說，要娶慧娘。劉公對媒人道：「多多上覆裴親家，小女年紀尚幼，一些粧奩未備，須再過幾時，待小兒完姻過了，方及小女之事。目下斷然不能從命。」媒人得了言語，回覆裴家。那裴九老因是老年得子，愛惜如珍寶一般，恨不能風吹得大，早些兒與他畢了姻事，生男育女。今日見劉公推托，好生不喜。又央媒人到劉家說到：「令愛今年一十五歲，也不算做小了。到我家來時，即如女兒一般看待，決不難為就是。粧奩厚薄，但憑親家，並不討論。萬

註

※1繇：讀作「游」。通「由」。

※2仙境桃花出水：相傳東漢時，劉晨、阮肇入天台山採藥，迷路不得返，見有蕪菁葉、杯碗沿溪水而流，於是往上游尋去，遇見桃源谷裡兩個仙女，並結爲夫婦。

※3宮中紅葉傳溝：比喻姻緣巧合。唐代時宮中宮女曾以紅葉題詩，置御溝中流出，爲士人所得，士人也題了首詩在紅葉上放入溝中回贈。後皇帝聽聞此事後，便將宮女賜給了士人。

※4景祐：宋仁宗其中一個年號，自西元一〇三四年至一〇三八年。

※5媽媽：對老妻的稱呼。

望親家曲允則個※6。」劉公立意先要與兒子完姻，然後嫁女。媒人往返了幾次，終是不允。裴九老無奈，只得忍耐。當時若是劉公允了，卻不省好些事體？只因執意不從，到後生出一段新聞，傳說至今。正是：

只因一著錯，滿盤俱是空。

卻說劉公回脫了裴家，央媒人張六嫂到孫家去說兒子的姻事。原來孫寡婦母家姓胡，嫁的丈夫孫恒，原是舊家※7子弟。自十六歲做親，十七歲就生下一個女兒，喚名珠姨，纔隔一歲，又生個兒子，取名孫潤，小字玉郎。兩個兒女，方在襁褓※8中，孫恒就亡過了。虧孫寡婦有些節氣，同著養娘守這兩個兒女，不肯改嫁。因此人都喚他是孫寡婦。光陰迅速，兩個兒女，漸漸長成。珠姨便許了劉家，玉郎從小聘定善丹青徐雅的女兒文哥為婦。那珠姨、玉郎都生得一般美貌，就如良玉碾成，白粉團就一般。加添資性聰明，男善讀書，女工針指。還有一件：不但才貌雙全，且又孝悌兼全。閒話休題。

且說張六嫂到孫家，傳達劉公之意，要擇吉日娶小娘子過門。孫寡婦母子相依，滿意欲要再停幾

嫦娥是古代神話人物，也是美貌的代表，圖為明唐寅《嫦娥奔月圖》。

時，因想男婚女嫁，乃是大事，只得應承，對張六嫂道：「上覆親翁、親母，我家是孤兒寡婦，沒甚大粧奩嫁送，不過隨常粗布衣裳，凡事不要見責。」張六嫂覆了劉公。劉公備了八盆羹果禮物，並吉期送到孫家。孫寡婦受了吉期，忙忙的製辦出嫁東西。看看日子已近，母子不忍相離，終日啼啼哭哭。誰想到劉璞因冒風之後，出汗虛了，變為寒症，人事不省，十分危篤。喫的藥就如潑在石上，一毫沒用。求神問卜，俱說無救。嚇得劉公夫妻魂魄都喪！守在牀邊，吞聲對泣。劉公與媽媽商議道：「孩兒病勢恁樣※9沉重，料必做親不得。不如且回了孫家，等待病痊，再擇日罷。」◎1劉媽媽道：「老官兒，你許多年紀了，這樣事難道還不曉得？大凡病人勢凶，得喜事一沖就好了。未曾說起的，還要去相求；如今現成事體，怎麼反要回他！」◎2劉公道：「我看孩兒病體，凶多吉少。若娶來家沖得好時，此是萬千之喜，不必講了。倘或不好，可不害了人家子女有個晚嫁※10的名頭。」劉媽媽道：「老官，你但顧了別人，卻不顧自己。你我費了許多心機，定得一房媳婦，誰知孩

註

※6曲允則個：曲允，敬詞，請求允許的謙詞。則個，加強語氣的祝詞。
※7舊家：久居其地而頗有名聲的家族。
※8襁褓：背負嬰兒的寬布條和包裹嬰兒的小被。
※9恁樣：如此，這般。
※10晚嫁：改嫁；再嫁。

眉批

◎1：劉公忠厚人，然醫道想亦中中。（可一居士）
◎2：女流見識，每每如此。（可一居士）

兒命薄，臨做親卻又患病起來。今若回了孫家，孩兒無事，不消說起；萬一有個山高水低，有甚把臂※11，那原聘還了一半，也算是他們忠厚了。卻不是人財兩失！」劉公道：「依你便怎樣？」劉媽媽道：「依著我，分付了張六嫂，不要題起孩兒有病，竟娶來家，就如養媳婦一般。若孩兒病好，另擇日結親。倘然不起，媳婦轉嫁時，我家原聘並各項使費，少不得班足※12了放他出門，卻不是個萬全之策。」劉公耳朵原是棉花做的，就依著老婆，忙去叮囑張六嫂不要洩漏。自古道，「若要不知，除非莫為。」劉公便瞞著孫家，那知他緊間壁的鄰家姓李名榮，曾在人家管過解庫，人都叫做李都管，為人極是刁鑽，專一打聽人家的細事，喜談樂道。因他做主管時，得了些不義之財，手中有錢，所居與劉家基址相連，意欲強買劉公房子。劉公不肯，為此兩下面和意不和，巴不得劉家有些事故，幸災樂禍。曉得劉璞有病危急，滿心歡喜，連忙去報知孫家。孫寡婦聽見女婿病凶，恐防誤了女兒，即使養娘去叫張六嫂來問。張六嫂欲待不說，恐怕劉璞有變，孫寡婦後來埋怨。欲要說了，又怕劉家見怪。事在兩難，欲言又止。孫寡婦見他半吞半吐，越發盤問得急了。張六嫂隱瞞不過，乃說：「偶然傷風，原不是十分大病。將息※13到做親時，料必也好了。」孫寡婦道：「聞得他病勢十分沉重，你怎說得這般輕易？這事不是當耍的。我受了

✦沖喜是一種民間信仰行為，讓病人和別人結婚，用這個「喜事」來「沖」掉不好的運氣，《紅樓夢》中亦有薛寶釵嫁給賈寶玉沖喜，圖為好讀出版《紅樓夢【紀念套裝版】》。

千辛萬苦，守得這兩個兒女成人，如珍寶一般。你若含糊賺了我女兒時，少不得和你性命相搏，那時不要見怪。」又道：「你去到劉家說：若果然病重，何不待好了另擇日子。總是兒女年紀尚幼，何必恁般忙迫。問明白了，快來回報一聲。」張六嫂領了言語，方欲出門，孫寡婦又叫轉道：「我曉得你決無實話回我的。我令養娘※14同去走遭，便知端的。」張六嫂見說教養娘同去，心中著忙道：「不消得！好歹不誤大娘之事。」孫寡婦那裡肯聽，教了養娘些言語，跟張六嫂同去。張六嫂擺脫※15不得，只得同到劉家。恰好劉公走出門來。張六嫂欺養娘不認得，便道：「小娘子少待，等我問句話來。」急走上前，拉劉公到一邊，將孫寡婦適纔言語細說。又道：「他因放心不下，特教養娘同來，討個實信，卻怎的回答？」劉公聽見養娘來看，手足無措，埋怨道：「你怎不阻擋住了？卻與他同來！」張六嫂道：「再三攔阻，如何肯聽，教我也沒奈何。如今且留他進去坐了，你們再去長計較回他，不要連累我後日受氣。」話還未畢，養娘已走過來。張六嫂就道：「此間便是劉老

註

※11把臂：憑據。
※12班足：全數退還。
※13將息：休養。
※14養娘：婢女。
※15擺脫：擺脫。擺，讀作「立」。

爹。」養娘深深道個萬福※16。劉公還了禮道：「小娘子請裡面坐。」一齊進了大門，到客坐內。劉公道：「六嫂，你陪小娘子坐著，待我教老荊※17出來。」張六嫂道：「老爹自便。」劉公急急走到裡面，一五一十，學於※18媽媽。又說：「如今養娘在外，怎地回他？倘要進來探看孩兒，卻又如何掩飾？不如改了日子罷。」媽媽道：「你真是個死貨！他受了我家的聘，便是我家的人了。怕他怎的？不要著忙，自有道理。」便教女兒慧娘：「你去將新房中收拾整齊，留孫家婦女喫點心。」慧娘答應自去。劉媽媽即走向外邊與養娘相見畢，問道：「小娘子下顧，不知親母有甚話說？」養娘道：「俺大娘聞大官人有恙，放心不下，特教男女※19來問候。二來上覆老爹、大娘：若大官人病體初痊，恐未可做親。不如再停幾時，等大官人身子健旺，另揀日子罷。」劉媽媽道：「多承親母過念。大官人雖是身子有些不快，卻是偶然傷風，原非大病。若要另擇日子，這斷不能夠的。我們小人家的買賣，千難萬難。方纔支持得這樣。如錯過了，卻不又費一番手腳？況且有病的人，巴不得喜事來沖，他病也易好。常見人家要省事時，趁著這病來見喜；何況我家吉期送已多日，親戚都下了帖兒請喫喜筵，如今忽地換了日子，他們不道你們不肯，必認做我們討媳婦不起。傳說開去，卻不被人笑恥，壞了我家名頭。

◆本卷故事發生在北宋仁宗時，圖為清人所繪宋仁宗彩繪像。

煩小娘子回去上覆親母，不必擔擾。我家干係大哩！」養娘道：「大娘話雖說得是，請問大官人睡在何處？待男女問候一聲，好家去回報大娘，也教他放心。」劉媽媽道：「適纔服了發散的藥，正好睡在那裡。我與小娘子代言罷。事體總在剛纔所說了，更無別說。」張六嫂道：「我原說偶然傷風，不是大病。你們大娘不肯相信，又要你來。如今方見老身不是說謊的了。」養娘道：「既如此，告辭罷。」便要起身。劉媽媽道：「那有此理！話說忙了，茶也還沒有喫，如何便去？」既邀到裡邊，又道：「我房裡腌腌臢臢※20，到在新房裡坐罷。」引入房中。養娘舉目看時，擺設得十分齊整。劉媽媽又道：「你看我家，諸事齊備，如何肯又改日子？就是做了親，大官人到還要留在我房中歇宿，等身子全愈※21了，然後同房哩。」養娘見他整備得停當，信以為實。當下劉媽媽教丫鬟將出點心茶來擺上，又教慧娘同來相陪。養娘心中想道：「我家珠姨是極標致的了，誰想這女娘也恁般出色！」◎3喫了茶，作別出門。臨行，劉媽媽又再三囑付張六嫂，「是必來覆我一聲。」

註

※16萬福：古代婦女行拜手禮時，多口稱萬福，後因沿稱行拜手禮爲萬福。
※17老荊：妻子，內人。
※18學於媽媽：對老妻說了一遍。
※19男女：古代位階低下的人或奴婢僕人的自稱。
※20腌腌臢臢：不整潔。腌臢，讀作「骯髒」。
※21全愈：身體康復。也作「痊癒」。

眉批

◎3：爲下文張本。（可一居士）

養娘同著張六嫂回到家中，將上項事說與主母。孫寡婦聽了，心中到沒了主意，想到：「欲待允了，恐怕女婿真個病重，變出些不好來，害了女兒；將欲不允，又恐女婿果是小病已愈，誤了吉期。」疑惑不定，乃對張六嫂道：「大嫂，待我酌量定了，明早來取回信罷。」張六嫂道：「正是，大娘從容計較計較，老身明早來也。」說罷自去。

且說孫寡婦與兒子玉郎商議這事怎生計較。玉郎道：「看起來還是病重，故不要養娘相見。如今必要回他另擇日子，他家也沒奈何，只得罷休。但是空費他這番東西，見得我家沒有情義。倘後來病好，相見之間，覺道沒趣。若依了他們時，又恐果然有變，那時進退兩難，懊悔卻便遲了。依著孩兒，有個兩全之策在此，不知母親可聽？」孫寡婦道：「你且說是甚兩全之策？」玉郎道：「明早教張六嫂去說，日子便依著他家。粧奩一毫不帶，見喜過了，到第三朝就要接回。等待病好，連粧奩送去。是恁樣，縱有變故，也不受他們籠絡，這卻不是兩全其美。」◎4孫寡婦道：「你真是個孩子家見識！他們一時假意應承，娶去

宋代婦女對鏡化妝圖。

過了三朝，不肯放回，卻怎麼處？」玉郎道：「如此怎好？」孫寡婦又想了一想，道：「除非明日教張六嫂依此去說，臨期教姐姐閃過一邊，把你假扮了送去。皮箱內原帶一副道袍鞋襪預防，到三朝容你回來，不消說起；倘若不容，且住在那裡，看個下落。倘有三長兩短，你取出道袍穿了，竟自走回，那個扯得你住！」玉郎道：「別事便可，這事卻使不得！後來被人曉得，教孩兒怎生做人？」孫寡婦見兒子推卻，心中大怒，道：「縱別人曉得，不過是耍笑之事，有甚大害！」玉郎平昔孝順，見母親發怒，連忙道：「待孩兒去便了。只不會梳頭，卻怎麼好？」孫寡婦道：「我教養娘伏侍你去便了。」計較已定，次早張六嫂來討回音，孫寡婦與他說如此如此，恁般恁般。「若依得，便娶過去；依不得，便另擇日罷。」張六嫂覆了劉家，一一如命。你道他為何就肯了？只因劉璞病勢愈重，恐防不妥，單要哄媳婦到了家裡，便是買賣了。故此將錯就錯，更不爭長競短。那知孫寡婦已先參透機關※22，將個假貨送來。劉媽媽反做了：

周郎妙計高天下，賠了夫人又折兵。

註

※22參透機關：看穿對方心思。

眉批

◎4：如此計較，所以放玉郎代行。（可一居士）

話休煩絮。到了吉期，孫寡婦把玉郎粧扮起來，果然與女兒無二，連自己也認不出真假。又教習些女人禮數。諸色好了，只有兩件難以遮掩，恐怕露出事來。那兩件？第一件是足與女子不同。那女子的尖尖趫趫※23，鳳頭※24一對，露在湘裙之下，蓮步輕移，如花枝招展一般。玉郎是個男子漢，一隻腳比女子的有三四隻大。雖然把掃地長裙遮了，教他緩行細步，終是有些蹊蹺。這也還在下邊，無人來揭起裙兒觀看，還隱藏得過。第二件是耳上環兒。此乃女子平常日時所戴。愛輕巧的，也少不得戴對丁香兒。那極貧小戶人家，沒有金的銀的，就是銅錫的，也要買對兒戴著。今日玉郎扮做新人，滿頭珠翠，若耳上沒有環兒，可成模樣麼？他左耳還有個環眼，乃是幼時恐防難養穿過的，那右耳卻沒眼兒，怎生戴得？孫寡婦左思右想，想出一個計策來。你道是甚計策？他教養娘討個小小膏藥貼在右耳。若問時，只說環眼生著疳瘡※25，戴不得環子。露出左耳上眼兒掩飾。打點停當，將珠姨藏過一間房裡，專候迎親人來。到了黃昏時後，只聽得鼓樂喧天，迎親轎子已到門首。張六嫂先入來，看見新人打扮得如花神一般，好不歡喜。眼前不見玉郎，問道：「小官人怎地不見？」孫寡婦道：

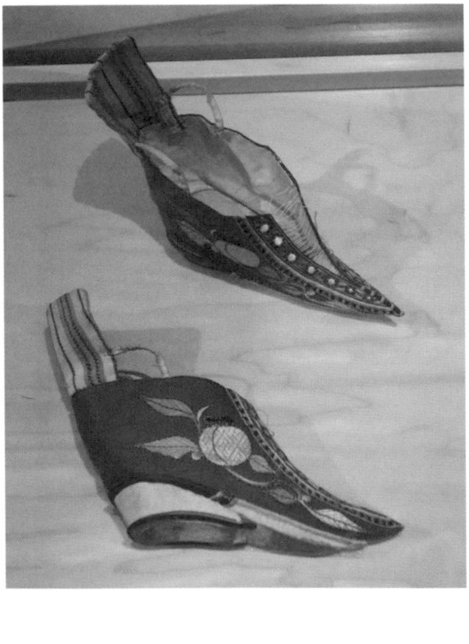

✦中國古代的女鞋，可見其尖頭樣式。（圖片攝影、來源：Daderot）

「今日忽然身子有些不健，睡在那裡，起來不得。」那婆子不知就裡，不來再問。孫寡婦將酒飯犒賞了來人，儐相※26念起詩賦，請新人上轎。玉郎兜上方巾※27，向母親作別。孫寡婦一路假哭，送出門來。上了轎子，教養娘跟著，隨身只有一隻皮箱，更無一毫粧奩。孫寡婦又叮囑張六嫂道：「與你說過，三朝就要送回的，不要失信。」張六嫂連聲答應道：「這個自然。」

不題孫寡婦。且說迎親的，一路笙簫聒耳，燈燭輝煌，到了劉家門首，儐相進來說道：「新人將已出轎，沒新郎迎接，難道教他獨自拜堂不成？」劉公道：「這卻怎好？不要拜罷。」劉媽媽道：「我自有道理。教女兒陪拜便了。」既令慧娘出來相迎。儐相念了闌門詩賦※28，請新人出了轎子。養娘和張六嫂兩邊扶著。慧娘相迎，進了中堂，先拜了天地，次及公姑親戚，雙雙卻是兩個女人同拜。隨從人沒一個不掩口而笑。都相見過了，然後姑嫂對拜。劉媽媽道：「如今到房中去

註

※23尖尖趫趫：形容婦女小腳嬌俏有致的形態。趫，讀作「橋」。

※24鳳頭：古代女子所著之鞋，因鞋頭以鳳爲飾而名。

※25疳瘡：皮膚上的潰瘍、化膿。疳，讀作「甘」。局部化膿的症狀。

※26儐相：婚禮儀式中，引導新郎、新娘行禮的人。

※27方巾：古代女子出嫁時蓋在頭上的紅巾，又稱「蓋頭」。

※28闌門詩賦：古代婚姻習俗，新娘到了夫家門口，儐相朗誦吉慶的詩句，才能讓新娘進門。闌，讀作「蘭」。

與孩兒沖喜。」樂人吹打，引新人進房，來到臥床邊。劉媽媽揭起帳子，叫道：「我的兒，今日娶你媳婦來家沖喜，你須掙扎精神則個。」連叫三四次，並不則聲※29。劉公將燈照時，只見頭兒歪在半邊，昏迷去了。原來劉璞病得身子虛弱，被鼓樂一震，故此昏迷。當下老夫妻手忙腳亂，掐住人中※30，即教取過熱湯，灌了幾口，出了一身冷汗，方纔甦醒。劉媽媽教劉公看著兒子，自己引新人進房中去。揭起方巾，打一看時，美麗如畫。親戚無不喝彩。只有劉媽媽心中反覺苦楚。他想：「媳婦恁般美貌，與兒子正是一對兒，若得雙雙奉侍老夫妻的暮年，也不枉一生辛苦。誰想他沒福，臨做親卻染此大病，十分中倒有九分不妙。倘有一差兩誤，媳婦少不得歸于別人，豈不目前空喜？」不提劉媽媽心中之事。且說玉郎也舉目看時，許多親戚中，只有姑娘生得風流標致。想道：「好個女子，我孫潤可惜已定了妻子；若早知此女憑般出色，一定要求他為

劉媽媽揭起帳子，連叫三四次，並不則聲。劉公將燈照時，只見頭兒歪在半邊，昏迷去了。（古版畫，選自《今古奇觀》明末吳郡寶翰樓刊本。）

婦。」這裡玉郎方在贊羨，誰知慧娘心中也想道：「一向張六嫂說他標致，我還未信，不想話不虛傳。只可惜哥哥沒福受用，今夜教他孤眠獨宿。若我丈夫像得他這樣美貌◎5，便稱我的生平了，只怕不能夠哩！」不題二人彼此欣羨。劉媽媽請眾親戚赴過花紅筵席，各自分頭歇息。儐相樂人，俱已打發去了。張六嫂沒有睡處，也自歸家。玉郎在房，養娘與他卸了首飾，秉燭而坐，不敢便寢。劉媽媽與劉公商議道：「媳婦初到，如何教他獨宿。可教女兒去陪伴。」劉公道：「只怕不穩便。繇他自睡罷。」劉媽媽不聽，對慧娘道：「你今夜陪伴嫂嫂在新房中去睡，省得他怕冷靜。」慧娘正愛著嫂嫂，見說教他相伴，恰中其意。劉媽媽引慧娘到新房中道：「娘子，只因你官人有些小恙，不能同房，特令小女來同睡。」玉郎恐露出馬腳，回道：「奴家自來最怕生人，到不消得伴罷。」劉媽媽道：「呀！你們姑嫂年紀相仿，即如姊妹一般，正好相處，怕怎的！你若嫌不穩時，各自蓋著條被兒，便不妨了。」對慧娘道：「你去收拾了被窩過來。」慧娘答應而去。玉郎此時，又驚又喜。喜的是心中正愛著姑娘標致，不想天與其便，劉媽媽令來陪臥，這事便有幾分了。驚的是恐他不允，一時叫喊起來，反壞了自己之事。又想道：「此番

註

※29則聲：出聲。
※30人中：在嘴唇上方，鼻孔下方的人中穴。

眉批

◎5：女孩兒痴心，如何便欲得美丈夫相比耶！（可一居士）

挫過，後會難逢。看這姑娘年紀，已在當時，情竇料也開了。須用工緩緩撩撥熱了，不怕不上我鉤。」心中正想，慧娘教丫鬟拿了被兒，同進房來，放在床上。劉媽媽起身，同了丫鬟自去。慧娘將房門閉上，走到玉郎身邊，笑容可掬，乃道：「嫂嫂，適來見你一些東西不喫，莫不餓了？」玉郎道：「到還未餓。」慧娘又道：「嫂嫂，今後要甚東西，可對奴家說知，自去拿來，不要害羞不說。」◎6玉郎見他意兒殷勤，心下暗喜。答道：「多謝姑娘美情！」慧娘見燈上結著一個大大花兒，笑道：「嫂嫂，好個燈花兒，正對著嫂嫂，可知喜也。」玉郎也笑道：「姑娘休得取笑，還是姑娘的喜信。」慧娘道：「嫂嫂話兒到會耍人。」兩個閒話一回。慧娘道：「嫂嫂，夜深了，請睡罷。」玉郎道：「姑娘先請。」慧娘道：「嫂嫂是客，奴家是主，怎敢僭先？」玉郎道：「這個房中還是姑娘是客。」慧娘笑道：「恁般占先了。」便解衣先睡。養娘見兩下取笑※31，覺道玉郎不懷好意，低低說道：「官人，你須要斟酌，此事不是當耍的。倘大娘知了，連我也不好。」玉郎道：「不消囑付，我自曉得。

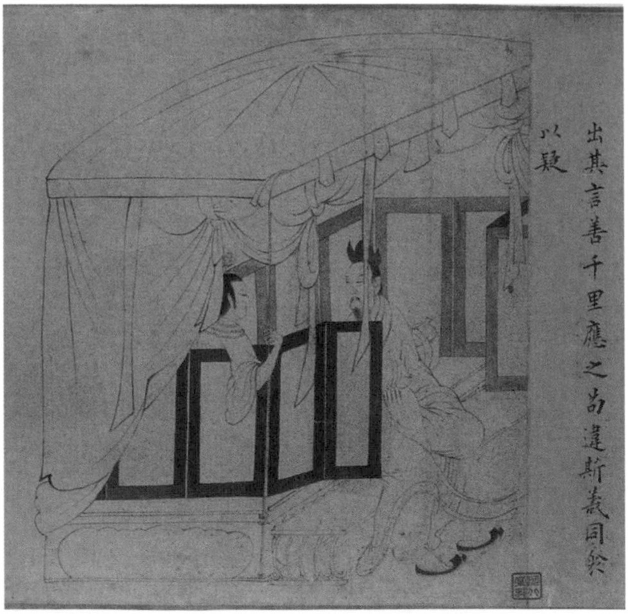

晉顧愷之《女史箴圖》中描繪的臥房場景。

你自去睡。」養娘便去旁邊打個鋪兒睡下。玉郎起身攜著燈兒，走到床邊，揭起帳子照看。只見慧娘卷著被兒，睡在裡床。見玉郎將燈來照，笑嘻嘻的道：「嫂嫂睡罷了，照怎的？」玉郎也笑道：「我看姑娘睡在那一頭，方好來睡。」把燈放在牀前一隻小桌兒上，解衣入帳。對慧娘道：「姑娘我與你一頭睡了，好講話耍子。慧娘道：「如此最好。」玉郎鑽下被裡，卸了上身衣服，下體小衣卻穿著，問道：「姑娘，今年青春了？」慧娘道：「一十五歲。」又問：「姑娘許的是那一家？」慧娘怕羞，不肯回言。玉郎把頭挨到他枕上，附耳道：「我與你一般是女兒家，何必害羞。」慧娘方纔答道：「是開生藥鋪的裴家。」又問道：「可見說佳期還在何日？」慧娘低低道：「近日曾教媒人再三來說。爹道，奴家年紀尚小，回他們再緩幾時。」玉郎笑道：「回了他家，你心下可不氣惱麼？」慧娘伸手把玉郎的頭推下枕來，道：「你不是個好人！哄了我的話，便來耍人。我若氣惱時，今夜你心裡還不知怎地惱著哩。」玉郎依舊又挨到枕上道：「你且說我有甚惱？」慧娘道：「今夜做親沒有個對兒，怎地不惱？」玉郎道：「有姑娘在此，這卻便是個對兒了，又有甚惱！」慧娘笑道：「恁樣說，你是我的娘子了。」玉郎道：「我年紀長似你，

註

※31 取笑：開玩笑。

眉批

◎6：女孩兒直恁繞舌，可知著了道兒。（可一居士）

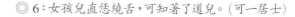

丈夫還是我。」慧娘道：「我今夜替哥哥拜堂，就是哥哥一般，還該是我。」玉郎道：「大家不要爭，只做個女夫妻罷。」兩個說風話耍子，愈加親熱。

玉郎料想沒事，乃道：「既做了夫妻，如何不合被兒睡？」口中便說，兩手即掀開他的被兒，捱過身來。伸手便去摸他身上，膩滑如酥；下體卻也穿著小衣。慧娘此時已被玉郎調動春心，忘其所以，任玉郎摩弄，全然不拒。玉郎摸至胸前時，一對小乳豐隆突起，溫軟如綿，乳頭卻像雞頭肉一般，甚是可愛。慧娘也把手來將玉郎渾身一摸，道：「嫂嫂好個軟滑身子。」摸他乳頭，剛剛只有兩個小小乳頭，心中想道：「嫂嫂長似我，怎麼乳兒倒小？」玉郎摩弄了一回，便雙手摟抱過來，嘴對嘴將舌尖度向慧娘口中。慧娘只認做姑嫂戲耍，也將雙手抱住，含了一回，也把舌兒吐在玉郎口裡。被玉郎含住著實咂吮※32，咂得慧娘遍體酥麻，便道：「嫂嫂，如今不似女夫妻，竟是真夫妻一般了。」玉郎見他情動，便道：「有心頑※33了，何不把小衣一發去了，親親熱熱睡一回也好。」慧娘道：「羞人答答，脫了不好。」玉郎道：「縱是取笑，有甚麼羞？」便解開他的小衣褪下，伸手去摸他的不便處。慧娘雙手即來遮掩，道：「嫂嫂休來囉唣※34！」玉郎捧過面來，親個嘴道：「何妨得！你也摸我的便了。」慧娘真個也去解了他的褌子※35摸時，只見一條玉莖※36，鐵硬的挺著。喫了一驚，縮手不迭，乃道：「你是何人？卻假粧著嫂嫂來此！」玉郎道：「我便是你的丈夫了，又問怎的。」一頭即便騰身上去，將手啟他雙股。慧娘雙手推開半邊道：「你若不說真話，我便叫喊起來！叫你了不得！」玉郎著了急，連忙道：「娘子不消性急！待我說便了。我是你嫂嫂的兄弟玉郎。聞得你哥哥病勢沉重，未知怎地？我母親不捨得姐姐出門，又恐誤了你家吉期，故把我假裝嫁來。等你哥哥病好，然後送姐姐過門。不想天付良緣，倒與娘子成了夫婦。此情只許你我曉得，不可洩漏！」說罷，又翻上身來。慧娘初時，只道是真女人，尚然心愛。如今卻是個男子，豈不歡喜？況且已被玉郎先引得神魂飄蕩，又驚又喜，半推半就，道：「原來你們恁樣欺心！」玉郎那有心情回答，雙手緊緊抱住，即便恣意風流。正是：

一個是青年孩子，初嘗滋味；一個是黃花女兒，乍得甜頭。一個說今宵花燭，到成就了你我姻緣；一個說此夜衾裯※37，便試發了夫妻恩愛。一個說前生有分，不須月老冰人；一個道異日休忘，說盡山盟海誓。各燥自家脾胃，管甚麼姐姐哥哥；

註

※32 咂吮：吸吮。讀作「ㄗㄚ　ㄕㄨㄣˇ」。
※33 頑：嬉戲。通「玩」。
※34 囉唣：調戲；戲弄。
※35 褌子：褲子。
※36 玉莖：男性生殖器官。
※37 衾裯：厚被與薄被。被子的泛稱。

且圖眼下歡娛，全不想有夫有婦。雙雙蝴蝶花間舞，兩兩鴛鴦水上遊。

雲雨※38已畢，緊緊摟抱而睡。且說養娘恐怕玉郎弄出事來，臥在旁邊鋪上，眼也不合。聽著他們初時還說話笑耍，次後只聽得牀稜搖戛，氣喘吁吁，已知二人成了那事，暗暗叫苦。到次早起來，慧娘自向母親房中梳洗。養娘替玉郎梳粧，低低說道：「官人，你昨夜恁般說了，卻又口不應心，做下那事。倘被他們曉得，卻怎處？」玉郎道：「又不是我去尋他，他自送上門來，教我怎生推卻！」養娘道：「你須拿住主意便好。」玉郎道：「你想，恁樣花一般的美人，同牀而臥，便是鐵石人也打熬不住！叫我如何忍耐得過？你若不洩漏時，更有何人曉得？」粧扮已畢，來劉媽媽房裡相見。劉媽媽道：「兒環子也忘戴了？」◎7養娘道：「不是忘了，因右耳上環眼生了痁瘡，戴不得，還貼著膏藥哩。」劉媽媽道：「原來如此。」玉郎依舊來至房中坐下。親戚女眷都來相見。張六嫂也到。慧娘梳裹罷，也到房中，彼此相視而笑。是日，劉公請內外親戚喫慶喜筵席，大吹大擂，直飲到晚，各自辭別回家。慧娘依舊來伴玉郎。這一夜顛鸞倒鳳，海誓山盟，比昨

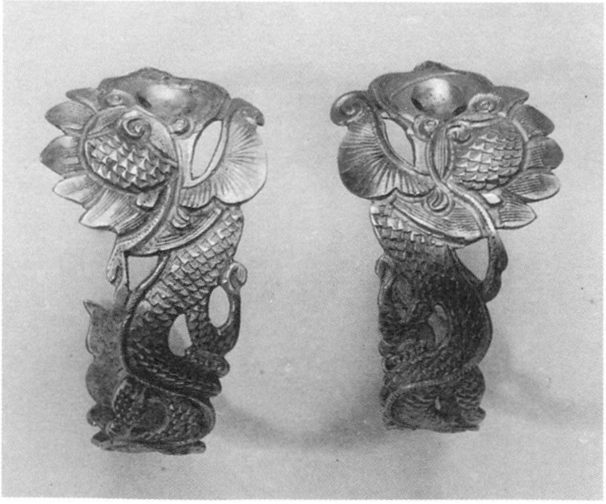

✦明代金耳環照片。（圖片來源：Metropolitan Museum of Art）

倍加恩愛。看看過了三朝，二人行坐不離。倒是養娘揑著兩把汗，催玉郎道：「如今已過三朝，可對劉大娘說回去罷。」玉郎與慧娘正火一般熱，那想回去，假意道：「我怎好啟齒說要回去，須是母親教張六嫂來說便好。」養娘道：「也說的是。」即便回家。

卻說孫寡婦雖將兒子假粧嫁去，心中卻懷著鬼胎。急切不見張六嫂來回覆，眼巴巴望到第四日，養娘回家，連忙來問。養娘將女婿病凶，姑娘陪拜，夜間同睡相好之事，細細說知。孫寡婦跌足叫苦道：「這事必然做出來也！你快去尋張六嫂來。」養娘去不多時，同張六嫂來家。孫寡婦道：「六嫂，前日講定，約三朝便送回來。今已過了，勞你去說，快些送我女兒回來。」張六嫂得了言語，同養娘來至劉家。恰好劉媽媽在玉郎房中閒話。張六嫂將孫家要接新人的話說知。玉郎、慧娘不忍割捨，倒暗暗道：「但願不允便好。」誰想劉媽媽真個說道：「六嫂，你媒也做老了，難道恁樣事還不曉得？從來可有三朝媳婦便歸去的理麼？前日他不肯嫁來，這也沒奈何。今既到我家，便是我家的人了，還像得他意！我千難萬難，娶得個媳婦，到三朝便要回去，說也不當人了。既如此不捨得，何不當初莫許人家。他

註

※38雲雨：比喻男女交歡。

眉批

◎7：不見可欲，使心不亂。（可一居士）

也有兒子，少不也要娶媳婦。看三朝可肯放回家去？聞得親母是個知禮之人，虧他怎樣說了出來！」一番言語，說得張六嫂啞口無言，不敢回覆孫家。那養娘恐怕有人闖進房裡，衝破二人之事，倒緊緊守著房門，也不敢回家。

且說劉璞自從結親那夜驚出那身冷汗來，漸漸痊可。曉得妻子已娶來家，人物十分標致，心中歡喜，這病癒覺好得快了。過了數日，掙扎起來，半眠半坐，日漸健旺，即能梳裹，要到房中來看渾家。劉媽媽恐他初癒，不耐行動，叫丫鬟扶著，自己也隨在後，慢騰騰的走到新房門口。養娘正坐在門檻之上。丫鬟道：「讓大官人進去。」養娘立起身來，高聲叫道：「大官人進來了。」玉郎正摟著慧娘調笑，聽得有人進來，連忙走開。劉璞掀開門帘，跨進房來。慧娘道：「哥哥，且喜梳洗了。只怕還不宜勞動。」劉璞道：「不打緊！我也暫時走走，就去睡的。」便向玉郎作揖。玉郎背轉身，道了個萬福。劉媽媽道：「我的兒，你且慢作揖麼。」又見玉郎背立，便道：「娘子，這便是你官人。如今病好了，特來見你，怎麼倒背身子？」走向前，扯近兒子身邊，道：「我的兒，與你恰好正是個對兒。」劉璞見妻子美貌非常，甚是快樂。真個是「人逢喜事精神爽」，那病平去了幾分。劉媽媽道：「兒去睡了罷！不要難為身子。」原叫丫鬟扶

✦宋代方形銅鏡。（圖片來源：Cleveland Museum of Art ）

著。慧娘也同進去。玉郎見劉璞雖然是個病容，卻也人材齊整，暗想道：「姐姐得配此人，也不辱抹了。」又想道：「如今姐夫病好，倘然要來同臥，這事便要決撒※39。快些回去罷！」到晚上，對慧娘道：「你哥哥病已好了，我須住身不得。你可攛掇母親送我回家，換姐姐過來，這事便隱過了。若再住時，事必敗露。」慧娘道：「你要歸家，也是易事。我的終身，卻怎麼處？」玉郎道：「此事我已千思萬想。但你已許人，我已聘婦，沒甚計策挽回，如之奈何？」慧娘道：「君若無計娶我，誓以魂魄相隨，決然無顏更事他人！」說罷，嗚嗚咽咽哭將起來。玉郎與他拭了眼淚，道：「你且勿煩惱，容我再想。」自此兩相留戀，把回家之事，到擱起一邊。一日，午飯已過，養娘向後邊去了。二人將房門閉上，商議那事，長算短算，沒個計策，心下苦楚，彼此相抱暗泣。

且說劉媽媽自從媳婦到家之後，女兒終日行坐不離。剛到晚便閉上房門去睡，直至日上三竿，方纔起身。劉媽媽好生不樂。初時認做姑嫂相愛，不在其意，已後日日如此，心中老大疑惑。也還道是後生家貪眠懶惰，幾遍要說。因想媳婦初來，尚未與兒子同牀，還是個嬌客，只得耐住。那日也是合當有事，偶在新房前走過，

註

※39 決撒：揭穿；祕密被人察覺。

忽聽得裡邊有哭泣之聲。向壁縫中張時，只見媳婦共婦兒互相摟抱，低低而哭。劉媽媽見如此做作，料道這事有些蹊蹺。欲待發作，又想兒子纔好，若知得必然氣惱，權且耐住。便掀門帘進來，門卻閉著。叫道：「快些開門！」二人聽見是媽媽聲音，拭乾眼淚，忙來開門。劉媽媽走將進去，便道：「為甚青天白日，把門閉上，在內摟抱啼哭？」二人被問，驚得滿臉通紅，無言對答。劉媽媽見二人無言，一發※40是了，氣得手足麻木，一手扯著慧娘道：「做得好事！且進來和你說話。」扯到後邊一間空屋中來。丫鬟看見，不知為甚，閃在一邊。劉媽媽扯進了屋裡，將門閂上。丫鬟伏在門上張時，見媽媽尋了一根木棒，罵道：「賤人！快說實話，便饒你打罵。若一句含糊，打下你這下半截來！」慧娘初時抵賴。媽媽道：「賤人，我且問你：他來得幾時？有甚恩愛？割捨不得，閉著房門，摟抱啼哭。」慧娘對答不來。媽媽拿起棒子要打，心中卻又不捨得。慧娘料是隱瞞不過，想道：「事已至此，索性說個明白，求爹媽辭了裴家，配與玉郎。若不允時，拚個自盡便了。」乃道：「前日孫家曉得哥哥有病，恐誤了女兒，要看下落。教爹媽另自擇日。因爹媽執意不從，故把兒子玉郎假粧嫁來。不想母親

✦宋代瓷枕。（圖片攝影、提供：Daderot）

教孩兒陪伴，遂成了夫婦，恩深義重，誓心圖百年偕老。今見哥病好，玉郎恐怕事露，要回去姐姐過來。孩兒思想：一女無嫁二夫之理！叫玉郎尋門路娶我為妻。因無良策，又不忍分離，故此啼哭。不想被母親看見。只此便是實話。」劉媽媽聽罷，怒氣填胸。把棒撇在一邊，雙足亂跳罵道：「原來這老乞婆恁般欺心！將男作女哄我！怪道三朝便要接回。如今害了我女兒，須與他干休不得，拚這老性命，結識這小殺才※41罷！」開了門，便趕出來。慧娘見母親去打玉郎，心中著忙，不顧羞恥，上前扯住。被媽媽將手一推，跌在地上。爬起時，媽媽已趕向外邊去了。慧娘隨後也趕將來，丫鬟亦跟在後邊。

且說玉郎見劉媽媽扯去慧娘，情知事露，正在房中著急。只見養娘進來道：「官人不好了！弄出事來也！適在後邊來，聽得空屋中亂鬧。張看時，見劉大娘拿大棒子拷打姑娘，逼問這事哩！」玉郎聽說打著慧娘，心如刀割，眼中落下淚來，沒了主意。養娘道：「今若不走，少頃便禍到了。」玉郎即忙除下簪釵，挽起一個角兒。皮箱內開出道袍、鞋襪穿起，走出房來，將門帶上。離了劉家，帶跌奔回家裡。正是：

註

※40一發：更加、越是。
※41殺才：該死的。罵人的話。

拆破玉籠飛彩鳳，頓開金鎖走蛟龍。

孫寡婦見兒子回來，恁般慌急，又驚又喜。便道：「如何這般模樣？」養娘將上項事說知。孫寡婦埋怨道：「我教你去，不過權宜之計，如何卻做出這般沒天理事體？你若三朝便回，隱惡揚善，也不見得事敗。可恨張六嫂這老虔婆※42，自從那日去了，竟不來覆我。養娘你也不回家走遭，叫我日夜擔愁。今日弄出事來，害這姑娘，卻怎麼處？要你不肖子何用？」玉郎被母親嗔責，驚愧無地。養娘道：「小官人也自要回的；怎奈劉大娘不肯。我因恐他們做出事來，日日守著房門，不敢回家。今日暫走到後邊，便被劉大娘撞破，幸喜得急奔回來，還不曾喫虧。如今且叫小官人躲過兩日，他家沒甚話說，便是萬千之喜了。」孫寡婦真個教玉郎閃過，等候他家消息。

且說劉媽媽趕到新房門口，見門閉著，只道玉郎還在裡面。在外罵道：「天殺的賊賤才！你把老娘當做什麼樣人，敢來弄空頭，壞我的女兒。今日與你性命相搏！方見老娘手段。快些走出來！若不開時，我就打進來了！」正罵時，慧娘已到，便去扯母

✦在中國河南出土的宋朝墓壁畫，反映了宋人的日常生活。

親進去。劉媽媽罵道：「賤人，虧你羞也不羞！還來勸我。」儘力一摔，不想用力猛了，將門靠開。母子兩個，都跌進去，攪做一團。劉媽媽罵道：「好天殺的賊賤才，到放老娘這一交※43！」即忙爬起尋時，那裡見個影兒！那婆子尋不見玉郎，乃道：「天殺的好見識！走的好！你便走上天去，少不得也要拿下來。」對著慧娘道：「如今做下這等醜事，倘被裴家曉得，卻怎地做人？」慧娘哭道，「是孩兒一時不是，做差這事。但求母親憐念孩兒，勸爹爹怎生回了裴家，嫁著玉郎，猶可挽回前失。倘若不允，有死而已。」說罷，哭倒在地。劉媽媽道：「你說得好自在話兒！他家下財納聘，定著媳婦。今日平白地要休這親事，誰個肯麼？倘然問因甚事故要休這親，叫你爹怎生對答？難道說：我女兒自尋了一個漢子不成？」慧娘被母親問得滿面羞慚，將袖掩著痛哭。劉媽媽終是禽犢之愛※44，見女兒恁般啼哭，卻又恐哭傷了身子。便道：「我的兒，這也不干你事；都是那老虔婆設這沒天理的詭計，將那殺才喬粧嫁來。我一時不知，教你陪伴，落了他圈套。如今總是無人知得。把來擱過一邊，全你體面，這纔是個長策。若說要休了裴家，嫁那殺才，這是

註

※42老虔婆：賊婆娘。用來罵人的稱呼。
※43交：筋斗、跟頭。同「跤」。
※44禽犢之愛：比喻父母對孩子的愛。

斷然不能！」慧娘見母親不允，愈加啼哭。劉媽媽又憐又惱，倒沒了主意。

正鬧間，劉公正在人家看病回來，打房門口經過。聽得房中啼哭，乃是女兒的聲音，又聽得媽媽話響，正不知為著甚的，心中疑惑。忍耐不住，揭開門簾，問道：「你們為甚恁般模樣？」劉媽媽將前項事，一一細說。氣得劉公半晌說不出話來，想了一想，倒把媽媽埋怨道：「都是你這老乞婆害了女兒！起初兒子病重時，我原要另擇日子；你便說長道短，生出許多話來，執意要那一日。次後孫家教養娘來說，我也罷了；又是你弄嘴弄舌，哄著他家。及至娶來家中，我說待他自睡罷；你又偏生推女兒伴他。如今伴得好麼？」◎8 劉媽媽因玉郎走了，又捨不得女兒難為，一肚子氣正沒發脫，見老公倒前倒後，數說埋怨，急得暴躁如雷，罵道：「老忘八※45！依你說起來，我的孩兒應該與這殺才騙的！」一頭撞個滿懷。劉公也在氣惱之時，揪過來便打。慧娘便來解勸。三人攪做一團，滾做一塊，分拆不開。丫鬟著了忙，奔到房中，報與劉璞道：「大官人，不好了！大爺大娘在新房中相打哩。」劉璞在榻上爬起來，走至新房，向前分解。老夫妻見兒子來勸，因惜他病體初癒，恐勞碌了他，方纔罷手。猶兀自「老忘八」、「老乞婆」相罵。劉璞把父親勸出外邊，乃問妹子：「為甚在這房中廝鬧？娘

在中國河南出土的宋朝墓壁畫，畫中可見宋代婦女的服飾與髮式。

子怎又不見？」慧娘被問，心下惶愧，掩面而哭，不敢則聲。劉璞焦躁道：「且說為著甚的？」劉婆方把那事細說，將劉璞氣得面如土色。停了半晌，方道：「家醜不可外揚。倘若傳到外邊，被人恥笑。事已至此，且再作區處。」媽媽方纔住口，走出房來。慧娘掙住不行。劉媽媽一手扯著便走，取巨鎖將門鎖上。來到房裡，慧娘自覺無顏，坐在一個壁角邊哭泣。正是：

饒君掬盡湘江水，難洗今朝滿面羞。

且說李都管聽得劉家喧嚷，伏在壁上打聽。雖然曉得些風聲，卻不知其中細底。次早，劉家丫鬟走出門來。李都管招到家中問他。那丫鬟初時不肯說。李都管取出四五十錢來與他道：「你若說了，送這錢與你買東西喫。」丫鬟見了銅錢，心中，接過來藏在身邊，便從頭至尾，盡與李都管說知。李都管暗喜道：「我把這醜事報與裴家，攛掇來鬧吵一場。他定無顏在此居住，這房子可不歸於我了！」忙忙的走至裴家。一五一十報知，又添些言語激惱裴九老。那九老夫妻因前日娶親不

註

※45忘八：烏龜。罵人的話。

眉批

◎8：何前聽而後悔？劉老只因懼內而然。（可一居士）

允，心中正惱著劉家。今日聽見媳婦做下醜事，如何不氣？一徑趕到劉家，喚出劉公來發話道：「當初我央媒來說要娶親時，千推萬阻，道：女兒年紀尚小，不肯應承。護在家中，私養漢子。若早依了我，也不見得做出事來。我是清清白白的人家，決不要這樣敗壞門風的好東西。快還了我昔年聘禮，另自去對親，不要誤我孩兒的大事。」將劉公嚷得面上一回紅，一回白。想道：「我家昨夜之事，他如何今早便曉得了？這也怪異。」又不好承認，只得賴道：「親家，這是那裡說起？造恁般言語污辱我家。倘被外人聽得，只道真有這事，你我體面何在！」

裴九老便罵道：「打脊※46賤才！真是個老忘八。女兒現做著恁般醜事，那個不曉得的？虧你還長著鳥嘴，在我面前遮掩。」趕近前，把手向劉公臉上一撳※47道：「老忘八！羞也不羞？待我送個鬼臉兒與你戴了見人。」劉公被他羞辱不過，罵道：「老殺才！今日為甚趕上門來欺我？」便一頭撞去，把裴九老撞倒在地。兩下相打起來。裡邊劉媽媽與劉璞聽得外面嚷喧，出來看時，卻是裴九老與劉公廝打，急向前拆開。裴九老指著罵道：「老忘八！打得好！我與你到府裡去說話。」一路罵出門去了。

劉璞便問父親：「裴九因甚清早來廝鬧？」劉公把

宋代瓷器，一女子手持花瓶。（圖片來源： Cleveland Museum of Art）

他言語學了一遍。劉璞道：「他如何便曉得了？此甚可怪。」又道：「如今事已彰揚，卻怎麼處？」劉公又想起裴九老恁般恥辱，心中轉惱，頓足道：「都是孫家老乞婆害我家壞了門戶，受這樣惡氣。若不告他，怎出得這氣？」劉璞勸解不住。劉公央人寫了狀詞，望著府前奔來。正值喬太守早堂放告。這喬太守雖則關西人，又正直，又聰明。憐才愛民，斷獄如神。府中都稱為喬青天。

卻說劉公剛到府前，劈面又遇著裴九老。九老見劉公手執狀詞，認做告他，便罵道：「老忘八，你女做了醜事，倒要告我。我同你去見太爺。」上前一把扯住，兩下又打將起來。兩張狀子都打失了。二人結做一團，扭至堂上。喬太守看見，喝叫各跪一邊。問道：「你二人叫甚名字？為何結扭相打？」二人一齊亂嚷。喬太守道：「不許攙越！那老兒先上來說。」裴九者跪上去訴道：「小人叫做裴九，有個兒子裴政，從幼聘下邊劉秉義的女兒慧娘為妻。今年都十五歲了。小人因是年老愛子，要早與他完姻。幾次央媒去說要娶媳婦，那劉秉義只推女兒年紀尚小，勒掯[※48]不許。誰想他縱女賣奸，戀著孫潤，暗招在家，要圖賴親事。今早到他家裡

註

※46 打脊：該死的。罵人的話。
※47 揿：用手按。讀作「沁」。
※48 勒掯：此指推託；阻止。掯，讀作「ㄎㄣˋ」。

說，反把小人毆辱。情極了，求爺爺臺下投生。他又趕來扭打。求爺爺作主，救小人則個！」喬太守聽了，道：「且下去。」喚劉秉義上去問道：「你怎麼說？」劉公道：「小人有一子一女。兒子劉璞，聘孫寡婦女兒珠姨為婦；女兒便許裴九的兒子。向日裴九要娶時，一來女兒尚幼，未曾整備粧奩；二來正與兒子完姻，故此不允。不想兒子臨婚時，忽地患起病來，不敢教與媳婦同房，令女兒陪伴嫂子。那知孫寡婦欺心，藏過女兒，卻將兒子孫潤假粧過來，倒強姦了小人女兒。正要告官，這裴九知得了，登門打罵。小人氣忿不過，與他爭嚷，實不是圖賴他的婚姻。」喬太守見說男扮為女，甚以為奇，乃道：「男扮女粧，自然不同，難道你認他不出？」劉公道：「婚嫁乃是常事，那曾有男子假扮之理，卻去辯他真假？況孫潤面貌，美如女子。小人夫妻見了，已是萬分歡喜，有甚疑惑。」喬太守道：「孫家既以女許你為媳，因甚卻又把兒子假粧？其中必有緣故。」又道：「孫潤還在你家麼？」劉公道：「已逃回去了。」喬太守即差人去拿孫寡婦母子三人，又差人去喚劉璞、慧娘兄妹俱來聽審。不多時，都已拿到。

◆太守為掌理地方郡一級的行政區的地方行政長官，圖為宋揚州太守孫震畫像。

喬太守舉目看時：玉郎姐弟，果然一般美貌，面龐無二。劉璞卻也人物俊秀，慧娘豔麗非常。暗暗欣羨道：「好兩對青年兒女！」心中便有成全之意。乃問孫寡婦：「因甚將男作女，哄騙劉家，害他女兒？」孫寡婦乃將女婿病重，劉秉義不肯更改吉期，恐怕誤了女兒終身，故把兒子粧去沖喜，三朝便回。是一時權宜之策。不想劉秉義卻教女兒陪臥，做出這事。喬太守道：「原來如此。」問劉公道：「當初你兒子既是病重，自然該另換吉期。你執意不肯，卻主何意？假若此時依了孫家，那見得女兒有此醜事？這都是你自起釁端，連累女兒。」劉公道：「小人一時不合聽了妻子說話，如今悔之無及。」喬太守道：「胡說！你是一家之主，卻聽婦人言語。」又喚玉郎、慧娘上去說：「孫潤，你以男假女，已是不該。卻又奸騙處女，當得何罪？」玉郎叩頭道：「小人雖然有罪，但非設意謀求，乃是劉親母自遣其女，陪伴小人。」喬太守道：「他因為不知你是男子，故令他來陪伴，乃是美意。你怎不知推卻？」玉郎道：「小人也曾苦辭，怎奈堅執不從。」喬太守道：「論起法來，本該打一頓板子纔是。姑念你年紀幼小，又係兩家父母釀成，權且饒恕。」玉郎叩頭泣謝。喬太守又問慧娘：「你事已做錯，不必說起。如今還是要歸裴氏？要歸孫潤？實說上來。」慧娘哭道：「賤妾無媒苟合※49，節行已虧，豈可

註

※49苟合：通姦。指非合法婚姻的結合。

更事他人？與孫潤恩義已深，誓不再嫁。若爺爺必欲判離，賤妾即當自盡，決無顏苟活，貽笑他人。」說罷，放聲大哭。喬太守見他情詞真懇，甚是憐惜，且喝過一邊。喚裴九老分付道：「慧娘本該斷歸你家，但已失身孫潤，節行已虧。你若娶回去，反傷門風，被人恥笑，他又蒙二夫之名，各不相安。今判與孫潤為妻，全其體面。令孫潤還你昔年聘禮，你兒子另自聘婦罷。」裴九老道：「媳婦已為醜事，小人自然不要；但孫潤破壞我家婚姻，今原歸於他，反周全了姦夫淫婦，小人怎得甘心！情願一毫原聘不要，求老爺斷媳婦另嫁別人。小人這口氣，也還消得一半。」喬太守道：「你既已不願娶他，何苦又作此冤家！」劉公亦稟道：「爺爺，孫潤已有妻子。小人女兒豈可與他為妾？」喬太守初時只道孫潤尚無妻子，故此斡旋。見劉公說已有妻，乃道：「這卻怎麼處？」對孫潤道：「你既有妻子，一發不該害人

✦喬太守舉目看時：玉郎姐弟，果然一般美貌，面龐無二。劉璞卻也人物俊秀，慧娘豔麗非常。暗暗欣羨道：「好兩對青年兒女！」（古版畫，選自《今古奇觀》明末吳郡寶翰樓刊本。）

閨女了！如今置此女於何地？」◎9玉郎不敢答應。喬太守又道：「你妻子是何等人家？可曾過門麼？」孫潤道：「小人妻子是徐雅女兒，尚未過門。」喬太守道：「這等易處了。」叫道：「裴九，孫潤原有妻未娶。如今他既得了你媳婦，我將他妻子斷償你的兒子，消你之忿。」裴九老道：「老爺明斷，小人怎敢違逆？但恐徐雅不肯。」喬太守道：「我作了主，誰敢不肯？你快回家引兒子過來。我差人去喚徐雅帶女兒來，當堂匹配。」裴九老忙即歸家，將兒子裴政領到府中。徐雅同女兒也喚到了。喬太守看時，兩家男女卻也相貌端正，是個對兒。乃對徐雅道：「孫潤因誘了劉秉義女兒，今已判為夫婦。我今作主，將你女兒配與裴九兒子裴政，限即日三家俱便婚配回報。如有不伏者，定行重治。」徐雅見太守作主，怎敢不依？俱各甘伏。喬太守援筆判道：

弟代姊嫁，姑伴嫂眠，愛婦愛子情在理中。一雌一雄變出意外。移乾柴近烈火，無怪其燃；以美玉配明珠，適獲其偶。孫氏子因姊而得婦，摟處子不用踰牆[50]；劉氏婦因嫂而得夫，懷吉士初非衒玉[51]。相悅爲婚，禮以義起。所厚者薄，

註

※50摟處子不用踰牆：典故出自《孟子．告子下》：「踰東家牆而摟其處子，則得妻。」翻過東面鄰家的矮牆，摟他們家的處女，就能得到妻子。

※51懷吉士初非衒玉：思念佳偶並非是爲了炫耀自己的美貌。衒，讀作「炫」。

眉批

◎9：好個喬太守。喬者，高也。此太守眞高。（可一居士）

◎10：如此斷法，許多醜事化爲一段奇聞。不然，各家爭訟，何時而息。所以善做官者，只是化有事爲無事。（可一居士）

事可權宜。◎10使徐雅別婿裴九之兒，許裴政改娶孫郎之配。奪人婦人亦奪其婦，兩家恩怨，總息風波；獨樂樂不若與人樂，三對夫妻，各諧魚水。人雖兑換，十六兩原只一斤；親是交門※52，五百年決非錯配。以愛及愛，伊父母自作冰人；非親是親，我官府權爲月老。已經明斷，各赴良期。

喬太守寫畢，教押司※53當堂朗誦與眾人聽了。眾人無不心服，各各叩頭稱謝。喬太守在庫上支取喜紅六段，教三對夫妻披掛起來，喚三起樂人，三頂花花轎兒抬了三位新人，新郎及父母，各自隨轎而出。此事鬧動了杭州府，都說好個行方便的太守。人人誦德，個個稱賢。自此各家完親之後，都無話說。李都管本欲唆孫寡婦、裴九老兩家與劉秉義講嘴，鷸蚌相持，自己漁人得利。不期太守之於處分，反作成了孫玉郎一段良緣。街坊上當做一件美事傳說，不以為醜。他心中甚是不樂。未及一年，喬太守又取劉璞、孫潤都做了秀才，起送科舉。李都管自知慚愧，安身不牢，反躲避鄉居。後來劉璞、

◆描繪宋代科舉考試情景的畫作。

孫潤同榜登科，俱任京職，仕途有名，扶持裴政亦得了官職。一門親眷，富貴非常。劉璞官直至龍圖閣學士。連李都管家宅反歸并於劉氏。刁鑽小人，亦何益哉！後人有詩單道李都管為人不善，以為後戒。詩云：

爲人忠厚爲根本，何苦刁鑽欲害人！
不見古人卜居者，千金只爲買鄉鄰。

又有一詩，單誇喬太守此事斷得甚好。

鴛鴦錯配本前緣，全賴風流太守賢。
錦被一牀遮盡丑，喬公不枉叫青天。

註

※52交門：因兩家兒女互相配婚而形成的親戚。
※53押司：宋代地方衙門執掌文書、獄訟的官吏。

第二十九卷　懷私怨狠僕告主

杳杳冥冥地，非非是是天。
害人終自害，狠計總徒然。

話說殺人償命，是人世間最大的事，非同小可。所以是真難假，是假難真。真的時節，縱然有錢可以通神，目下脫逃憲網※1，到底天理不容，無心之中，自然敗露。假的時節※2，縱然嚴刑拷掠，誣伏莫伸，到底有個辯白的日子。假饒※3誤出誤入，那有罪的老死牖※4下，無罪的卻命絕於囹圄※5刀鋸之間，難道頭頂上這個老翁※6是沒有眼睛的麼?所以古人說得好，道是：

湛湛※7青天不可欺，未曾舉意已先知。
善惡到頭終有報，只爭來早與來遲。

✦圖為民國時期的京師看守所，明、清時，此地為刑部大牢。

說話的，你差了。這等說起來，不信死囚牢裡再沒有個含冤負屈之人，那陰間地府也不須設得枉死城了。

看官不知，那冤屈死的與那殺人逃脫的，大概都是前世的事；若不是前世緣故，殺人竟不償命，不殺人則要償命，死者、生者怨氣沖天，縱然官府不明，皇天自然鑒察，千奇百怪的卻生出機會來，了此公案。所以說道：「人惡人怕天不怕，人善人欺天不欺。」又道是：「天網恢恢，疏而不漏。」古來清官察吏不止一人，曉得人命關天，又且世情不測。儘有極難信的事，偏是真的；極易信的事，偏是假的。所以就是情真罪當的，還要細細體訪幾番，方能夠獄無冤鬼。如今為官做吏的人，貪愛的是錢財，奉承的是富貴，把那「正直公平」四字，撇卻東洋大海。明知這事無可寬容，也將來輕輕放過。明知這事有些尷尬，也將來草草問成；竟不想殺人可恕，情理難容。那親動手的奸徒，若不明正其罪，被害冤魂何時瞑目？◎1至

註

※1憲網：法律制裁。
※2時節：時候。
※3假饒：即使、縱使、就算。
※4牖：窗戶。讀作「有」。
※5囹圄：讀作「玲雨」，牢獄。
※6頭頂上這個老翁：指老天爺；上蒼。
※7湛湛：清明澄澈的樣子。

眉批

◎1：爲有冤者可寫一通，銘之座右。（可一居士）

於扳誣※8冤枉的，卻又六問三推※9、千般鍛煉。嚴刑之下，就是凌遲碎剮的罪，急忙裡只得輕易招成，攬得他家破人亡。害他一人，便是害他一家了。只做自己的官，毫不管別人的。我不知他肚腸閣落※10裡邊也思想積些陰德與兒孫麼？如今所以說這一篇，專一奉勸世上廉明長者，一草一木，都是上天生命，何況祖宗赤子！須要慈悲為本，寬猛兼行，護正誅邪，不失為民父母之意。不但萬民感戴，皇天亦當佑之。

且說國朝有個富人王甲，是蘇州府人氏，與同府李乙是個世讎※11。王甲百計思量害他，未得其便。忽一日，大風大雨，鼓打三更。李乙與妻子蔣氏喫過晚飯，熟睡多時。只見十餘個強人，將紅硃黑墨搽※12了臉，一擁的打將入來。蔣氏驚慌，急往床下躲避。只見一個長鬚大面的，把李乙的頭髮揪住，一刀砍死，竟不搶東西，登時散了。蔣氏卻躲在床下認得親切，戰抖抖的走將出來，穿了衣服，向丈夫屍首嚎啕大哭。此時鄰人已都來看了，各各悲傷，勸慰了一番。蔣氏道：「殺奴丈夫的，是讎人王甲。」眾人道：「怎見得？」蔣氏道：「奴在床下，看得明白。那王甲原是讎人，又且長鬚大面，雖然搽墨，卻是

◆中國古代夾手指刑罰。圖為1801年英國作家喬治．亨利梅森所著的《中國的刑罰》內插圖。

認得出的。若是別的強盜，何苦殺我丈夫，東西一毫不動？這兇身不是他是誰？有煩列位與奴做主。」眾人道：「他與你丈夫有讐，我們都是曉得的。況且地方盜發，我們該報官。明早你寫紙狀詞，同我們到官首告便是。今日且散。」眾人去了。蔣氏關了房門，又哽咽了一會。那裡有心去睡？苦啾啾的捱到天明，央鄰人買狀式寫了，取路投長洲縣※13來。正值知縣升堂放告，蔣氏直至階前，大聲叫屈。知縣看了狀子，問了來歷，見是人命盜情重事，即時批准。地方也來遞失狀。知縣委捕官相驗，隨即差了應捕※14，擒捉兇身。

卻說那王甲自從殺了李乙，自恃搽臉，無人看破，揚揚得意，毫不提防。不期一夥應捕擁入家來，正是疾雷不及掩耳，一時無處躲避。當下被眾人索了，登時押到縣堂。知縣問道：「你如何殺了李乙？」王甲道：「李乙自是強盜殺了，與小人何干？」知縣問蔣氏道：「你如何告道是他？」蔣氏道：「小婦人躲在床底看見，

註

※8扳誣：攀誣。扳，讀作「攀」。

※9六問三推：仔細審問。

※10閣落：角落。（參考李平校注，《今古奇觀》，三民書局出版。）

※11讐：同今「仇」字，是仇的異體字，屬於漢字結構的異位所形成的異體字。

※12搽：敷、塗抹。

※13長洲縣：古代縣名。位於今江蘇省蘇州市境內。

※14應捕：古代負責通緝逮捕盜賊的衙門差役。

認得他的。」知縣道：「夜晚間如何認得這樣真？」蔣氏道：「不但認得模樣，還有一件事情可推：若是強盜，如何只殺了人便散了，不搶東西？此不是平日有讐的卻是那個？」知縣便叫地鄰來問他道：「那王甲與李乙果有讐否？」地鄰盡說：「果然有讐。那不搶東西，只殺了人，也是真的。」知縣便喝叫：「把王甲夾起。」那王甲是個富家出身，忍不得痛苦，只得招道：「與李乙有讐，假妝強盜，殺死是實。」知縣取了親筆供招，◎2下在死囚牢中。

王甲一時招承，心裡還想辯脫。思量無計，自忖道：「這裡有個訟師，叫做鄒老人，極是奸滑，與我相好。隨你十惡大罪※15，與他商量，便有生路。何不等兒子送飯時，教他去與鄒老人商量。」少頃，兒子王小二送飯來了。王甲說知備細，又分付道：「倘有使用處，不可吝惜錢財，誤我性命！」小二一一應諾，逕投鄒老人家來。說知父親事體，求他計策謀脫。老人道：「令尊之事，親口供招，知縣又是新到任的，自手問成，隨你那裡告辯，出不得縣間初案，他也不肯認錯翻招。你將二三百兩與我，待我往南京走走，尋個機會，定要設法出來。」小二道：「如何設法？」老人道：「你不要管我，只交銀子與我了，日後便見手段，而今不好先說得。」小二回去，當下湊了三百兩銀子，到鄒老人家，交付停當，隨即催他起程。鄒老人

明朝的蘇州府即今蘇州市，圖為清代畫家徐揚所繪反映蘇州繁華的《姑蘇繁華圖》，又名《盛世滋生圖》。

道：「有了許多白物，好歹要尋出一個機會來。且寬心等待等待。」小二謝別而回。老人連夜收拾行李，往南京進發。不一日，來到南京，往刑部衙門細細打聽。說有個浙江司郎中※16徐公，甚是通融，抑且好客。當下就央了一封先容※17的薦書，備了一副盛禮去謁徐公。徐公接見了，見他會說會笑，頗覺相得。自此頻頻去見，漸漸厮熟來。

正無個機會處，忽一日，捕盜衙門肘押※18海盜二十餘人，解到刑部定罪。老人上前打聽，知有兩個蘇州人在內。老人點頭大喜，自言自語道：「計在此了。」次日，整備筵席，寫帖請徐公飲酒。不逾時，酒筵完備。徐公乘轎而來。老人笑臉相迎，定席以後，說些閒話。飲至更深時分，老人屏去眾人，便將百兩銀子托出，獻與徐公。◎3徐公吃了一驚，問其緣故。老人道：「今有舍親王某，被陷在本縣獄中，伏乞周旋。」徐公道：「苟可效力，敢不從命。只是事在彼處，難以為謀。」老人道：「不難，不難。王某只為與李乙有讐。今李乙被殺，未獲兇身，故

註

※15十惡大罪：古代十種重大犯罪。分別爲：謀反、謀大逆、謀叛、惡逆、不道、大不敬、不睦、不義、内亂。犯此十惡之人，每逢帝王大赦，均不在赦免之列。

※16浙江司郎中：古代官名。此指刑部中，專司浙江地方案件的主管官員。

※17先容：原指先行加以修飾。後引申爲推薦介紹。

※18肘押：綁著胳膊押送。

眉批

◎2：亦宜詰其從人，得一二證人，他日可無再理會。（可一居士）

◎3：非徐所理，故百金即能動之。若預先央求，未必遽允。老人善於應變者也。（可一居士）

此遭誣下獄。昨見解到貴部海盜二十餘人，內二人蘇州人也。今但逼勒二盜，要他自認做殺李乙的，則二盜總是一死，未嘗加罪；舍親王某已沐再生之恩了。」徐公許諾，輕輕收過銀子，親放在扶手匣裡面。喚進從人，謝酒乘轎而去。

老人又密訪著二盜的家屬，許他重謝，先送過一百兩銀子。二盜也應允了。到得會審之時，徐公喚二盜近前，開口問道：「你們曾殺過多少人？」二盜即招某時某處殺某人，某月某日夜間到李家殺李乙。徐公寫了口詞，把諸盜收監，隨即疊成文案。鄒老人便使用書房行文書抄招到長洲縣知會。就是他帶了文案※19，別了徐公，竟回蘇州，到長洲縣當堂投了。知縣拆開，看見殺李乙的已有了主名，便道：「王甲果然屈招。」正要取監犯查放，忽見王小二進來叫喊訴冤。知縣信之不疑，喝叫監中取出王甲，登時釋放。蔣氏聞知這一番說話，沒做理會處，也只道前日夜間果然自己錯認了，只得罷手。

卻說王甲得放歸家，歡歡喜喜，搖擺進門。方纔到得門首，忽然一陣冷風，大叫一聲道：「不好了！李乙哥在這裡了！」驀然倒地，叫喚不醒，霎時氣絕，嗚呼哀哉！

蘇州古城門與旁邊水道。（圖片來源：zhangweiguo）

有詩為證：

鬍臉閻王本認眞，殺人償命在當身。
暗中假換天難騙，堪笑多謀郤老人！

前邊說的人命，是將真作假的了；如今再說一個將假作真的。只為些些小事，被奸人暗算，弄出天大一場禍來。若非天道昭昭，險些兒死於非命。正是：

福善禍淫，昭彰天理。
欲害他人，先傷自己。

話說國朝成化[※20]年間，浙江溫州府永嘉縣[※21]，有個王生名杰，字文豪。娶妻劉氏。家中止有夫妻二人，生一女兒，年方二歲。內外安童[※22]、養娘數口，家道

註

※19文案：古代衙門專門草擬文書的幕僚。
※20國朝成化：明朝憲宗的年號，自西元一四六五年至一四八七年。
※21永嘉縣：今浙江省溫州市所轄的一縣。
※22安童：侍童。

亦不甚豐富。王生雖是業儒※23，尚不曾入泮※24，只在家中誦習，也有時出外結友論文。那劉氏勤儉作家，甚是賢慧，夫妻彼此相安。忽一日，正遇暮春天氣，二三友人拉了王生，往郊外踏青遊賞。但見：

遲遲麗日，拂拂和風。紫燕黃鶯，綠柳叢中尋對偶；狂峰浪蝶，夭桃隊裡覓相知。王孫公子興高時，無日不來尋酒肆；豔質嬌姿心動處，此時未免露閨容。須教殘醉可重扶，幸喜落花猶未掃。

王生看了春景融和，心中歡暢，喫個薄醉，取路回家裡來。只見兩個家僮，正和一個人門首喧嚷。原來那人是湖州※25客人，姓呂，提著竹籃賣薑。只為家僮要少他的薑價，故此爭執不已。王生問了緣故，便對那客人道：「如此價錢，也好賣了。如何只管在我家門首喧嚷，好不曉事！」那客人是個憨直的人，便回話道：「我們小本經紀，如何要打短我的？相公須放寬洪大量些，不該如此小家子相！」王生乘著酒興，大

本卷故事發生於浙江溫州，溫州地處浙閩丘陵，有雁盪山綿延，圖為清朝狀元錢維城描繪溫州地形的《雁盪圖》。

怒起來，罵道：「那裡來這老賊驢※26！輒敢如此放肆，把言語衝撞我！」走近前來，連打了幾拳，一手推將去。不想那客人是中年的人，有痰火病※27的，就這一推裡，一交跌去，一時悶倒在地。正是：

身如五鼓銜山月，命似三更油盡燈。

原來人生，最不可使性，況且這小人買賣，不過爭得一二個錢，有何大事？常見大人家強梁※28僮僕，每每借著勢力，動不動欺打小民。到得做出事來，又是家主失了體面。所以有正經的，必然嚴行懲戒。只因王生不該自己使性，動手打他，所以到底為此受累。這是後話。

卻說王生當日見客人悶倒，喫了一大驚，把酒意都驚散了。連忙喝叫扶進廳

註

※23業儒：以儒學爲業。
※24入泮：俗稱考中秀才。古代學宮內有泮池（半月形的水池），故稱學宮爲「泮宮」，童生入縣學爲生員，即稱「入泮」。此指在學的秀才。
※25湖州：今浙江省湖州市。
※26老賊驢：罵人的話。指人奸詐愚蠢。
※27痰火病：一種症狀。似哮喘，口乾脣燥，胸痛煩熱，而痰塊很難咳出的病症。
※28強梁：剛強橫暴。

來眠了，將茶湯灌將下去。不踰時，甦醒轉來。王生對客人謝了個不是，討些酒飯與他喫了。又拿出白絹一疋※29與他，權為調理之資。◎4那客人回嗔作喜，稱謝一聲，望著渡口去了。若是王生有未卜先知的法術，慌忙向前攔腰抱住，扯將轉來，就養他在家半年兩個月，也是情願。不到得惹出飛來橫禍。只因這一去，有分教：

雙手撒開金線網，從中釣出是非來。

那王生見客人已去，心頭尚自跳一個不住。走進房中，與妻子說了，道：「幾乎做出一場大事來，僥倖僥倖！」此時，天已晚了。劉氏便叫丫鬟擺上幾樣菜蔬，燙熱酒與王生壓驚。飲過數杯，只聞得外邊叩門聲甚急，王生又喫一驚。掌燈出來看時，卻是渡頭船家周四，手中拿了白絹、竹籃，倉倉皇皇對王生說道：「相公，你的禍事到了。如何做出這人命來？」唬得王生面如土色，只得再問緣由。周四道：「相公可認得白絹、竹籃麼？」王生看

✦渡頭船家周四，手中拿了白絹、竹籃，倉倉皇皇對王生説道：「相公，你的禍事到了。」（古版畫，選自《今古奇觀》明末吳郡寶翰樓刊本。）

了道：「今日有個湖州的賣薑客人到我家來，這白絹是我送他的，這竹籃正是他盛薑之物，如何卻在你處？」周四道：「下晝※30時節，是有一個湖州姓呂的客人，叫我的船過渡。到得船中，痰火病大發，將次※31危了。告訴我道被相公打壞了。他就把白絹、竹籃交付與我做個證據，要我替他告官；又要我到湖州去報他家屬，前來伸冤討命。說罷，瞑目死了。如今屍骸尚在船中，船已撐在門首河頭了。且請相公自到船中看看，憑相公如何區處。」王生聽了，驚得目睜口呆，手麻腳軟，心頭恰像有個小鹿兒撞來撞去的。口裡還只得硬著膽道：「那有此話？」背地教人走到船裡看時，果然有一個死屍骸。王生是虛心病的，慌了手腳，跑進房中，與劉氏說知。劉氏道：「如何是好？」王生道：「如今事到頭來，說不得了。只是買求船家，要他乘此暮夜，將屍首設法過了，方可無事。」王生便將碎銀一包，約有二十多兩，袖在手中，出來對船家說道：「家長※32不要聲張。我與你從長計議。事體是我自做得不是了，卻是出於無心的。你我同是溫州人，也須有些鄉里之情，何苦

註

※29疋：讀作「匹」。量詞。布帛類紡織品的計算單位。同「匹」。紬：讀作「籌」。絲織品的通稱。通「綢」。

※30下晝：下午。（參考李平校注，《今古奇觀》，三民書局出版。）

※31將次：快要、將近。

※32家長：對船夫的尊稱。

眉批

◎4：還虧前倨後恭。然白絹卻是過錯，小心反成禍本。（可一居士）

到為著別處人報讐！況且報得仇來與你何益？不如不要提起，待我出些謝禮與你，求你把此屍載到別處拋棄了。黑夜裡誰人知道？」船家道：「拋棄在那裡？倘若明日有人認出來，根究根原，連我也不得乾淨。」王生道：「離此不數里，就是我先父的墳塋，極是僻靜。你也是認得的。乘此暮夜無人，就煩你船載到那裡，悄悄地埋了。人不知，鬼不覺。」周四道：「相公的說話，甚是有理。卻怎麼樣謝我？」王生將手中之物，出來與他。船家嫌少道：「一條人命，難道只值得這些些銀子？今日湊巧死在我船中，也是天與我的一場小富貴。一百兩銀子須是少不得的。」王生只要完事，不敢違拗，點點頭進去了一會，將著些現銀及衣裳首飾之類，取出來遞與周四道：「這些東西，約莫有六十金了。家下貧寒，望你將就包容罷了。」周四見有許多東西，便自口軟了，道：「罷了，罷了。相公是讀書之人，只要時常看顧我就是。◎5不敢計較。」王生此時是情急的，正是：

明代畫作中的渡船，圖為明藍瑛《仿古山水寫生圖冊．山溪垂釣》。

得他心肯日，是我運通時。

心中已自放下幾分。又擺出酒飯與船家喫了。隨即喚過兩個家人，分付他尋了鋤頭、鐵鈀之類。內中一個家人，姓胡，因他為人兇狠，有些力氣，都稱他做「胡阿虎」。當下一一都完備了，一同下船到墳上來。揀一塊空地，掘開泥土，將屍首埋藏已畢，又一同上船回家裡來。整整弄了一夜，漸漸東方已發動了。隨即又請船家喫了早飯，作別而去。王生教家人關了大門，各自散訖。

王生獨自回進房來，對劉氏說道：「我也是個故家子弟※33，好模好樣的，不想遭這一場，反被那小人逼勒。」說罷，淚如雨下。劉氏勸道：「官人，這也是命裡所招，應得受些驚恐，破此財物，不須煩惱。今幸得靠天，太平無事，便是十分僥倖了！辛苦了一夜，且自將息將息。」當時又討些茶飯與王生喫了，各各安息不題。過了數日，王生見事體平靜，又買些三牲福物之類，拜獻了神明祖宗。那周四不時的來假做探望。王生殷殷勤勤待他，不敢衝撞些小。借掇勉強應承。周四已自從容了，賣了渡船，開著一個店鋪。自此無話。

註

※33故家子弟：世代在朝爲官的人家（子弟）。

眉批

◎5：此句反當眞，恐禍未有艾也。（可一居士）

看官聽說，王生到底是個書生，沒甚見識。當日既然買囑船家，將屍首載到墳上，只該聚起乾柴，一把火焚了，無影無蹤，卻不乾淨？只為一時沒有主意，將來埋在地中，這便是斬草不除根，萌芽春再發。

又過了一年光景，真個「濃霜只打無根草，禍來只奔福輕人」。那三歲的女兒，出起極重的痘子來。求神問卜，請醫調治，百無一靈。王生只有這個女兒，夫妻歡愛，十分不捨。終日守在床邊啼哭。一日，有個親眷辦著盒禮來望痘客。王生接見，茶罷，訴說患病的十分沉重，不久當危。那親眷道：「本縣有個小兒科姓馮，真有起死回生手段，離此有三十里路，何不接他來看看？」王生道：「領命。」當時天色已黑，就留親眷喫了晚飯，自別去了。王生便與劉氏說知，寫下請帖，連夜喚將胡阿虎來，分付道：「你可五鼓動身，拿此請帖去請馮先生早來看痘。我家裡一面擺著午飯，立等，立等。」胡阿虎應諾去了，當夜無話。

次日，王生果然整備了午飯，直等至未申※34時，杳不見來。不覺的又過了一日。到床前看女兒時，只是有增無減。挨至三更時分，那女兒只有出的氣，沒有入的氣，告辭父母，往閻家裡去了。正是：

古代出痘子即為痘疹，一般指天花，圖為清朱純嘏《痘診定論》中種牛痘的穴分圖。

金風吹柳蟬先覺，暗送無常死不知。

王生夫妻就如失了活寶一般，各各哭得發昏。當時盛殮已畢，就焚化了。天明以後，到得午牌時分，只見胡阿虎轉來回復道：「馮先生不在家裡，又守了大半日，故此到今日方回。」王生垂淚道：「可見我家女兒命該如此，如今再也不消說了。」一直到數日之後，同伴中說出實話來，卻是胡阿虎一路飲酒沉醉，失去請帖，故此直挨至次日方回，造此一場大謊。王生聞知，思念女兒，勃然大怒。即時喚進胡阿虎，取出竹片要打。胡阿虎道：「我又不曾打殺了人，何須如此？」王生聞得這話，一發怒從心上起，惡向膽邊生，連忙教家僮扯將下去，一氣打了五十多板，方纔住手，自進去了。◎6胡阿虎打得皮開肉綻，拐呀拐的走到自己房裡來，恨恨的道：「為甚的受這般鳥氣？你女兒痘子本是沒救的了，難道是我不接得郎中，斷送了他？不值得將我這般毒打。可恨！可恨！」又想了一回，道：「不妨事，大頭在我手裡。且待我將息棒瘡好了，要教他看我的手段。不知還是井落在吊桶裡※35，吊桶落在井裡。如今且不要露風聲，等他先做了整備。」正是：

註

※34未申：古代時辰名。指未時與申時。未時，下午一點至三點。下午三點至五點。

※35井落在吊桶裡：吊桶本應落在井裡，井落在吊桶裡比喻很自然的事情反轉過來。

眉批

◎6：又是使性之過。（可一居士）

勢敗奴欺主，時衰鬼弄人。

不說胡阿虎暗生奸計。再說王生自女兒死後，不覺一月有餘。親眷朋友每每備了酒餚與他釋淚，他也漸不在心上了。忽一日，正在廳前閒步，只見一班應捕擁將進來，帶了麻繩鐵索，不管三七二十一，望王生頸上便套。王生喫一驚，問道：「我是個儒家子弟，怎把我這樣凌辱，卻是為何？」應捕呸了一呸，道：「好個殺人害命的儒家子弟！官差吏差，來人不差。你自到太爺面前去講。」

當時劉氏與家僮婦女聽得，正不知甚麼事頭發了，只好立著呆看，不敢向前。此時不由王生做主。那一夥如狼似虎的人，前拖後扯，帶進永嘉縣來，跪在堂下。右邊卻有個原告跪在左邊。王生抬頭看時，不是別人，正是家人胡阿虎。已曉得是他懷恨在心出首的了。那知縣明時佐開口問道：「今有胡虎，首※36你打死湖州客人姓呂的，這怎麼說？」王生道：「青天老爺，不要聽他說謊。念王杰弱怯怯的一個書生，如何會得打死人？那胡虎原是小的家人，只為前日有過，將家法痛治一番，為此懷恨，搆此大難之端，望爺臺照察！」胡阿虎叩頭道：「青天爺爺，不要聽這

明代讀書人服飾樣貌，圖為清徐璋《夏允彝父子像》。

一面之詞。家主打人，自是常事，如何懷得許多恨？如今屍首現在墳塋※37左側，萬乞老爺差人前去掘取。只看有屍是真，無屍是假。若無屍時，小人情願認個誣告的罪。」

知縣依言，即便差人押去起屍。胡阿虎又指點了地方尺寸。不踰時，果然抬個屍首到縣裡來。知縣親自起身相驗，說道：「有屍是真，再有何說？」正要將王生用刑，王生道：「老爺聽我分訴。那屍骸已是腐爛的了，須不是日前打死的。若是打死多時，何不當時就來首告，直待今日？分明是胡虎那裡尋這屍首，霹空誣陷小人的。」知縣道：「也說得是。」胡阿虎道：「這屍首實是一年前打死的。因為主僕之情，有所不忍。況且以僕首主，先有一款罪名，故此含藏不發。如今不想家主行兇不改，小的恐怕再做出事來，以致受累，只得重將前情首告。老爺若不信時，只須喚那四鄰八舍到來，問去年某月日間果然曾打死人否？即此便知真偽了。」◎7

知縣又依言，不多時，鄰舍喚到。知縣逐一動問，果然說去年某月某日間，有個薑客被王家打死，暫時救醒，以後不知何如。王生此時，被眾人指實，顏色都變了。把言語來左支右吾。知縣道：「情真罪當，再有何言？這廝不打，如何肯

註

※36首：出面檢舉告發。

※37塋：讀作「營」。墳墓。

眉批

◎7：如此利害人，豈可與他作私事？王生無知人之哲，宜其及也。（可一居士）

招？」疾忙抽出簽來，喝一聲：「打！」兩邊皂隸※38吆喝一聲，將王生拖翻著力打了二十板。可憐瘦弱書生，受此痛棒拷掠。王生受苦不過，只得一一招成。知縣錄了口詞，說道：「這人雖是他打死的，只是沒有屍親執命，未可成獄。且一面收監，待有了認屍的，定罪發落。」隨即將王生監禁獄中，屍首依舊抬出埋藏，不得輕易燒毀，聽後檢償。發放眾人散訖，退堂回衙。那胡阿虎道是私恨已洩，甚是得意。不敢回王家見主母，自搬在別處住了。

卻說王家家僮們在縣裡打聽消息，得知家主已在監中，唬※39得兩耳雪白，奔回來報與主母。劉氏一聞此信，便如失去了三魂，大哭一聲，望後便倒。

未知性命如何？先見四肢不動。

丫鬟們慌了手腳，急急叫喚。那劉氏漸漸醒將轉來，叫聲：「官人！」放聲大哭。足有兩個時辰，方纔歇了。疾忙收拾些零碎銀子，

明代知縣為七品官，著青色官服，圖為《徐顯卿宦跡圖．金臺吹敕》。

帶在身邊。換了一身青衣，教一個丫鬟隨了。分付家僮在前引路，逕投永嘉縣獄門首來。夫妻相見了，痛哭失聲。王生又哭道：「卻是阿虎這奴才，害得我至此！」劉氏咬牙切齒，恨恨的罵了一番，便在身邊取出碎銀，付與王生道：「可將此散與牢頭獄卒，教他好好看覷，免致受苦。」王生接了。天色昏黑，劉氏只得相別，一頭啼哭，取路回家。胡亂用些晚飯，悶悶上床。思量：「昨夜與官人同宿，不想今日遭此禍事，兩地分離。」不覺又哭一場，淒淒慘慘睡了不題。

卻說王生，自從到獄之後，雖則牢頭禁子受了錢財，不受鞭箠※40之苦，卻是相與的都是那些蓬頭垢面的囚徒，心中有何快活？況且大獄未決，不知死活如何？雖是有人殷勤送衣送飯，到底不免受些飢寒之苦，身體日漸羸瘠※41了。劉氏又將銀來買上買下，思量保他出去。又道是人命重事，不易輕放，只得在監中耐守。光陰似箭，日月如梭。王生在獄中，又早懨懨的挨過了半年光景。勞苦憂愁，染成大病。劉氏求醫送藥，百般無效，看看待死。

一日，家僮來送早飯。王生望著監門分付道：「可回去對你主母說，我病勢

註

※38皂隸：古代衙役多穿黑色衣服，是官府衙役的代稱。
※39唬：通「嚇」，驚嚇。
※40鞭箠：用鞭子抽打。
※41羸瘠：身體消瘦。

沉重不好，旦夕必要死了。教主母可作急來一看，我從此要永訣了。」家僮回家說知。劉氏心慌膽戰，不敢遲延，疾忙顧了一乘轎，飛也似抬到縣前來。離了數步，下了轎，走到獄門首，與王生相見了，淚如湧泉，自不必說。

王生道：「愚夫不肖，誤傷人命，以致身陷縲絏※42，辱我賢妻。今病勢有增無減了，得見賢妻一面，死也甘心。但只是胡阿虎這個逆奴，我就到陰司地府，決不饒過他的。」劉氏含淚道：「官人不要說這不祥的話，且請寬心調養。人命既是誤傷，又無苦主。奴家匡※43得賣盡田產，救取官人出來，夫妻完聚。阿虎逆奴，天理不容！到底有個報讐日子，也不要在心。」王生道：「若得賢妻如此用心，使我重見天日，我病體也就減幾分了。但恐弱質懨懨，不能久待。」劉氏又勸慰了一番，哭別回家，坐在房中納悶。僮僕們自在廳前鬥牌耍子，只見一個半老的人，挑了兩個盒子，竟進王家裡來。放下扁擔，對家僮問道：「相公在家麼？」只因這個人來，有分教：負屈寒儒，得遇秦庭明鏡※44；行凶詭計，難逃蕭相明條※45。有詩為證：

湖商自是隔天涯，舟子無端起禍胎。

明代房間陶土模型。（圖片來源：Los Angeles County Museum of Art）

指日王生冤可白，災星換做福星來。

那些家僮見了那人，仔細看了一看，大叫道：「有鬼！有鬼！」東逃西竄。你道那人是誰？正是一年前來賣薑的，是湖州呂客人。那客人忙扯住一個家僮問道：「我來拜你家主，如何說我是鬼？」劉氏聽得廳前喧鬧，走將出來。呂客人上前唱了個喏，說道：「大娘聽稟：老漢湖州薑客呂大是也。前日承相公酒飯，又贈我白絹，感激不盡。別後到了湖州；這一年半裡邊，又到別處做些生意。如今重到貴府走走，特地辦些土宜※46來拜望你家相公。不知你家大官們如何說我是鬼？」傍邊一個家僮嚷道：「大娘，不要聽他，一定得知道大娘要救官人，故此出來現形索命。」劉氏喝退了，對客人說道：「這等說起來，你真不是鬼了。你害得我家丈夫好苦！」呂客人喫了一驚，道：「你家相公在那裡？怎的是我害了他？」劉氏便將周四如何撐屍到門，說留絹籃為證，丈夫如何買囑船家，將屍首埋藏，胡阿虎如何

註

※42縲絏：讀作「雷謝」。此指牢獄。由古代用以捆綁罪犯的黑色繩索引申而來。
※43匡：此指賠本、賠錢。
※44秦庭朗鏡：比喻執法官吏公正嚴明，判案不循私舞弊，明察秋毫。典故出自《西京雜記．卷三》，漢高祖劉邦攻入秦咸陽宮時，發有一寶鏡，能照人的五臟、疾病以及心志。
※45蕭相明條：漢丞相蕭何所制定的法律條文。
※46土宜：土產。

首告丈夫招承下獄的情由，細細說了一遍。

呂客人聽罷，捶著胸膛道：「可憐！可憐！天下有這等冤屈的事。去年別去，下得渡船，那船家見我的白絹，問及來由，我不合將相公打我垂危，留酒贈絹的事情備細說了一番。他就要買我白絹。我見價錢相應即時賣了。他又要我的竹籃兒。我就與他作了渡錢。不想他賺得我這兩件東西，下這般狠毒之計。老漢不早到溫州，以致相公受苦。果然是老漢之罪了。」劉氏道：「今日不是老客人來，連我也不知丈夫是冤枉的。那絹兒、籃兒是他騙去的了。這死屍卻是那裡來的？」呂客人想了半回道：「是了！是了！前日正在船中說這事時節，只見水面上一個屍骸浮在岸邊。我見他注目而視，也只道出於無心，誰知因屍就生奸計了。好狠！好狠！如今事不宜遲，請大娘收進了土宜，與老漢同到永嘉縣訴冤，救相公出獄，此為上著。」劉氏依言，收進盤盒，擺飯請了呂客人。他本是儒家之女，精通文墨，不必假借訟師。就自己寫了一紙訴狀，僱乘女轎，同呂客人及僮僕等，取路投永嘉縣來。

等了一會，知縣升晚堂了。劉氏與呂大大聲叫屈，遞上訴詞。知縣接上，從頭看過。先叫劉氏起來問。劉氏便將丈夫爭價誤毆，船家撐屍得財、家人懷恨出首的事，從頭至尾，一一分剖。又說：「直至今日，薑客重來，纔知受枉。」知縣又叫呂大起來問。呂大也將被毆始末、賣絹根由，一一說了。知縣道：「莫非你是劉氏買出來的？」

呂大叩頭道：「爺爺，小的雖是湖州人，在此為客多年，也多有相識的在這裡。如何瞞得老爺過？當時若果然將死，何不央船家尋個相識來見一見，托他報信復讐，卻將來托與一個船家？這也不道是臨危時節，無暇及此了。身死之後，難道湖州再沒有個骨肉親戚？見是久出不歸，也該有人來問個消息。若查出被毆傷命，就該到府縣告理；如何直等一年之後，反是王家家人首告？小人今日纔到此地，見有此一場屈事。那王杰雖不是小人陷他，其禍都因小人而起，實是不忍他含冤負屈，故此來到臺前控訴，乞老爺筆下超生！」知縣道：「你既有相識在此，可報名來。」呂大屈指頭說出十數個。知縣一一提筆記了。卻倒把後邊的點出四名，喚兩個應捕上來，分付道：「你可悄悄地喚他，同做證見的鄰舍來。」應捕隨應命去了。

不踰時，兩伙人齊喚了來。只見那相識的四人，遠遠地望見呂大，便一齊道：「這是湖州呂大哥，如何在這裡？一定前日原不曾死。」知縣又教鄰舍人近前細認，都駭然道：「我們莫非眼花了！這分明是被王家打死的薑客。不知還是到底救醒了，還是面龐廝※47像的？」內中一個道：「天下那有這般相像的理？我的眼睛一

註

※47廝：互相。

看過，再不忘記。委實是他，沒有差錯。」此時，知縣心裡已有幾分明白了。即使批誰訴狀，叫起這一干人，分付道：「你們出去，切不可張揚。若違我言，拿來重責。」眾人唯唯而退。知縣隨即喚幾個應捕分付道：「你們可密訪著船家周四，用甘言美語哄他到此，不可說出實情。那原首人胡虎，自有保家，俱到明日午後，帶齊聽審。」應捕應諾，分頭而去。知縣又發付劉氏、呂大回去，到次日晚堂伺候。二人叩頭同出。劉氏引呂大到監門前見了王生，把上項事情盡說了。王生聞得，滿心歡喜，卻似醍醐灌頂※48，甘露※49灑心，病體已減去六七分了。說道：「我初時只怪阿虎，卻不知船家如此狠毒。◎8今日不是老客人來，連我也不知自己是冤枉的。」正是：

雪隱鷺鷥飛始見，柳藏鸚鵡語方知。

劉氏別了王生，出得縣門，乘著小轎，呂大與僮僕隨了，一同逕到家中。劉氏自進房裡，欲家僮們陪客人喫了晚食，自在廳上歇宿。次日過午，又一同的到縣裡來，知縣已升堂了。不多時，只見兩個應捕將周四帶到。原來那周四自

◆穿主腰、襖裙的明代婦女，圖為《墮胎產亡嚴寒大暑孤魂眾》（局部）。

得了王生銀子，在本縣開個布店。應捕得了知縣的令，對他說：「本縣大爺要買布。」即時哄到縣堂上來。也是天理合當敗露，不意之中，猛抬頭見了呂大，不覺兩耳通紅。呂大叫道：「家長哥，自從買我白絹、竹籃，一別直到今日。這幾時生意好麼？」周四傾口無言，面如槁木※50。少頃，胡阿虎也取到了。原來胡阿虎搬在他方，近日偶回縣中探親，不期應捕正遇著他，便上前搗個鬼道：「你家家主人命事，已有苦主了，只待原首人來，即便審決。我們那一處不尋得到？」胡阿虎認真，歡歡喜喜，隨著公人，直到縣堂跪下。知縣指著呂大問道：「你可認得那人？」胡阿虎仔細一看，喫了一驚，心下好生躊躇委決不下※51，一時不能回答。

知縣將兩人光景一一看在肚裡了。指著胡阿虎大罵道：「你這個狠心狗行的奴才！家主有何負你？值得便與船家同謀，覓這假屍誣陷人。」胡阿虎道：「其實是

註

※48 醍醐灌頂：佛家語。將牛奶提煉出來的精華，澆灌在頭上。比喻將智慧灌輸給別人，使之得到啓發，有所領悟。

※49 甘露：佛教用甘露以比喻聽聞佛陀說法後，所得之奧妙，需要仔細品味，才能領悟到快樂，稱之爲妙法的滋味，即法味。

※50 面如槁木：此指嚇得臉色如死灰般慘白，如槁木般呆立原地。語出《莊子·齊物論》：「形固可使如槁木，而心固可使如死灰乎？」原指道家的一種修行境界，心擺脫了生命形軀的限制，達到與外物渾然一體的境界。

※51 委決不下：拿不定主意。

眉批

◎8：惟其不自知，所以誤受詐受禍也。（可一居士）

家主打死的，小人並無虛謬。」知縣怒道：「還要口強※52！呂大既是死了，那堂下跪的是什麼人？」喝叫左右：「夾將起來！快快招出奸謀便罷。」胡阿虎被夾，大喊道：「爺爺，若說小人不該懷恨在心，首告家主，小人情願認罪；若要小人招做同謀，便死也不甘的。當時家主不合打倒了呂大，即刻將湯救醒與了酒飯，贈了白絹，自往渡口去了。是夜二更天氣，只見周四撐屍到門，又有白絹、竹籃為證，合家人都信了。◎9家主卻將錢財買住了船家，與小人同載至墳塋埋訖。以後因家主毒打小人，挾了私讐，到爺爺臺下首告，委實不知這屍真假。今日不是呂客人來，連小人也不知是家主冤枉的。那死屍根由，都在船家身上。」

知縣錄了口語，喝退胡阿虎，便叫周四上前來問。初時也將言語支吾，卻被呂大在旁邊面對，知縣又用起刑來。只得一一招承道：「去年某月某日，呂大懷著白絹下船，偶然問起緣由，始知被毆詳細。恰好渡口原有這個死屍在岸邊浮著，

✦知縣錄了口語，喝退胡阿虎，便叫周四上前來問。初時也將言語支吾，卻被呂大在旁邊面對，知縣又用起刑來，只得一一招承。（古版畫，選自《今古奇觀》明末吳郡寶翰樓刊本。）

小的因此生心，要詐騙王家。特地買他白絹，又哄他竹籃，就把水裡屍首撈在船上了。來到王家，誰想他一說便信。以後得了王生銀子，將來埋在墳頭。只此是真，並無虛話。」知縣道：「是便是了。其中也還有些含糊。那裡水面上恰好有個流屍，又恰好與呂大廝像，畢竟又從別處謀害來詐騙王生的。」周四大叫道：「爺爺，冤枉！小人若要謀害別人，何不就謀害了呂大？前日因見流屍，故此生出買絹籃的計策。心中也道面龐不像，未必哄得信。小人欺得王生一來是虛心病的，二來與呂大只見得一面，況且當日天色昏了，燈光之下，一般的死屍，誰能細辨明白？三來白絹、竹籃又是王生及薑客的東西，定然不疑，故此大膽哄他一哄。不想果被小人瞞過，並無一個人認得出真假。那屍首的來歷，想是失腳落水的。小人委實不知。」呂大跪上前稟道：「小人前日過渡時節，果然有個流屍。這話實是真情了。」知縣也錄了口語。周四道：「小人本意，只要詐取王生財物，不曾有心害他。乞老爺從輕擬罪。」知縣大喝道：「你這沒天理的狠賊！你自己貪他銀子，便幾乎害得他家破人亡。似此詭計凶謀，不知陷過多少人了？我今日也為永嘉縣中除了一害。那胡阿虎身為王家奴，拿著影響之事※53，背恩賣主，情實可恨！合當重行

註

※52口強：強辯。

※53影響之事：空虛不實的事情。

眉批

◎9：初首時何不即扯船家爲證？（可一居士）

責罰。」當時喝教：「把兩人扯下！」胡阿虎重打四十，周四不計其數，以氣絕為止。不想那阿虎近日傷寒病未痊，受刑不起。也只為奴才背主，天理難容，打不上四十，死於堂前。周四直至七十板後，方纔昏絕。可憐二惡凶殘，今日斃於杖下。

知縣見二人死了，責令屍親前來領屍。監中取出王生，當堂釋放。又抄取周四店中布疋，估價一百金，原是王生被詐之物，例該入官※54。因王生是個書生，屈陷多時，憐他無端，改贓物做了給主，也是知縣好處。墳旁屍首，掘起驗時，手爪有沙，是個失水的。無有屍親，責令仵作埋之義塚。

王生等三人，謝了知縣出來。到得家中，與劉氏相持，痛哭了一場。又到廳前與呂客人重新見禮。那呂大見王生為他受屈，王生見呂大為他辨誣，俱各致個不安，互相感激。這教做不打不成相識。以後遂不絕往來。王生自此戒了好些氣性，就是遇著乞兒，也只是一團和氣。感憤前情，思想榮身雪恥，閉戶讀書，不交賓客。十年之中，遂成進士。

所以說：為官做吏的人，千萬不可草菅人

明代船隻遇難場景。圖為《徐顯卿宦跡圖‧危舟免難》。

命，視同兒戲。假如王生這一樁公案，惟有船家心裡明白。不是薑客重到溫州，家人也不知家主受屈，妻子也不知道丈夫受屈，本人也不知自己受屈。何況公庭之上，豈能盡照覆盆※55？◎10慈祥君子，須當以此為鑒：

囹圄刑措號仁君，吉網羅鉗※56最枉人。
寄語昏污諸酷吏，遠在兒孫近在身。

註

※54入官：充公。
※55覆盆：比喻冤情。頭上罩一個盆子，望不到青天。比喻人含冤受屈，無處投訴。
※56吉網羅鉗：唐玄宗天寶年初，李林甫爲相，誣陷異己，陷害忠良。御史羅希奭、吉溫二人，承李意助紂爲虐，以酷刑審問受害者，無一倖免。當時人稱「羅鉗吉網」。典故出自《舊唐書·卷一八六·酷吏傳下·羅希奭傳》。後用以比喻殘酷的官吏尋私枉法，羅織罪狀，陷害他人。

眉批

◎10：豈知天下獄背冤者多矣！（可一居士）

第三十卷　念親恩孝女藏兒

子息從來天數，原非人力能爲。
最是無中生有，堪令耳目新奇。

話說元朝時，都下※1有個李總管※2，官居三品，家業巨富。年過五十，不曾有子。聞得樞密院※3東，有個算命的，開個舖面，談人禍福，無不奇中。總管試往一算。於時衣冠滿座，多在那裡候他挨次推講。總管對他道：「我之祿壽，已不必言。最要緊的，只看我有子無子。」算命的推了一回，笑道：「公已有子了，如何哄我？」總管道：「我實不曾有子，所以求算；豈有哄汝之理？」算命的把手輪了一輪道：「公年四十，即已有子。今

✦元朝首都為大都城。圖為元高克恭《盧溝筏運圖》，描繪1266年元世祖在盧溝橋附近河運石木以建造大都宮殿的情景。

年五十六了，尚說無子，豈非哄我？」一個爭道：「實不曾有！」一個爭道：「決已有過！」遞相※4爭執。同座的人多驚訝起來，道：「這怎麼說？」算命的道：「在下不曾差，待此公自去想。」◎1只見總管沉吟了好一會，拍手道：「是了，是了。我年四十時，一婢有娠※5，我以職事赴上都※6。到得歸家，我妻已把來賣了。今不知他去向。若說四十上該有子，除非這個緣故。」算命的道：「我說不差，公命不孤，此子仍當歸公。」總管把錢相謝了，作別而出。

只見適間同在座上，問命的一個千戶※7，也姓李，邀總管入茶坊坐下，說道：「適間聞公與算命的所說之話，小子有一件疑心，敢問個明白。」總管道：「有何見教？」千戶道：「小可※8是南陽※9人。十五年前，也不曾有子，因到都

註

※1都下：當朝國都。
※2總管：官名，元朝在各地都有設立總管府。
※3樞密院：古代官署的一種。掌管國家機要政務。設置於唐代中葉，明初廢此官署。也稱為「樞府」、「樞庭」。
※4遞相：互相。
※5娠：懷孕、懷胎。
※6上都：首都。
※7千戶：掌管一千士兵戍防地方的武官。
※8小可：對自己的謙稱。
※9南陽：今河南省南陽市。

眉批

◎1：算者口硬。（可一居士）

下買得一婢，卻已先有孕的。帶得到家，吾妻適也有孕。前後一兩月間，各生一男，今皆十五六歲了。適間聽公所言，莫非是公的令嗣麼？」總管就把婢子容貌、年齒※10之類，兩相質問，無一不合。◎2因而兩邊各通了姓名、住址，大家說個：「容拜。」各散去了。總管歸來，對妻說知其事。妻當日悍妒，做了這事。而今見夫無嗣，也有些慚悔哀憐，巴不得是真。

次日，邀千戶到家，敘了同姓，認為宗譜※11，盛設款待。約定日期到他家裡去認看。千戶先歸南陽，總管給假前往，帶了許多東西去饋送與千戶。並他妻子、僕妾，多有禮物。坐定了，千戶道：「小可歸家問明，此婢果是宅上出來的。」因命二子出拜。只見兩個十五六的小官人，一齊走出來，一樣打扮，氣度也差不多。總管看了不知那一個是他兒子？請問千戶，求說明白。千戶笑道：「公自認看，何必我說。」總管仔細相了一回，天性感通，自然識認。前抱著一個道：「此吾子也。」千戶點頭笑道：「果然不差！」於是父子相持而哭。傍觀之人，無不墮淚。千戶設宴與總管賀喜，大醉而散。

次日，總管答席，就借設在千戶廳上。酒間，千戶對總管道：「小可既還公

元朝首都大都城垣遺址。（圖片攝影、來源：大黃酸）

令郎了，豈可使令郎母子分離？並令其母奉公同還何如？」總管喜出望外，稱謝不已。就攜了母子，同回都下。後來通籍※12承蔭，官也至三品，與千戶家往來不絕。可見人有子無子，多是命裡注定的。李總管自己已信道無兒了，豈知被算命的看出有子，到底得以團圓。可知是逃那命裡不過。

小子為何說此一段話？只因一個富翁，也犯著無兒的病症，豈知也係有兒，被人藏過。後來一旦識認，喜出非常，關著許多骨肉親疏的關目※13在裡頭。聽小子從容的表白出來。正是：

越親越熱，不親不熱。
附葛攀藤，總非枝葉。
奠酒澆漿※14，終須骨血。
如何妒婦，忍將嗣絕？

註

※10年齒：年齡。
※11認爲宗譜：即「通譜」。因姓氏相同，因而認作同族。
※12通籍：此指把姓名、籍貫、子嗣狀況等戶籍資料上報朝廷核驗。
※13關目：關鍵。
※14奠酒澆漿：到墳前祭祀祖先。

眉批

◎2：豈知算命這番，即是命中宜得子。（可一居士）

必是前非，非常冤業。

話說婦人心性，最是妒忌，情願看丈夫無子絕後，說著買妾置婢，抵死也不肯的。就有個把被人勸化，勉強依從，到底心中只是有些嫌忌，不甘伏的。就是生下了兒子，是親丈夫一點骨血，又本等他做大娘，還道是「隔重肚皮隔重山」，不肯便認做親兒一般。更有一等狠毒的，偏要算計了絕，方纔快活的。及至女兒嫁得個女婿，分明是個異姓，無關宗支的，他偏要認做親的，足見偏心。為他倒勝如丈夫親子侄，豈知女生外向，雖係吾所生，到底是別家的人。至於女婿，當時就有二心，轉得背便另搭架子了。自然親一支、熱一支，女婿不如侄兒，侄兒又不如兒子。縱是前妻晚後※15，偏生庶養※16，歸根結果的親瓜葛，終久是一派※17，好似別人多哩！不知這些婦人們，為何再不明白這個道理？

話說元朝東平府※18有個富人，姓劉名從善，年六十歲，人皆以員外呼之。媽媽李氏，年五十八歲。他有潑天

✦佛教繪畫《往古僱典婢奴棄離妻子孤魂眾》，描繪古代奴婢典當買賣的因果報應。

※19也似家私，不曾生得兒子；止有一個女兒，小名叫做引姐，入贅一個女婿，姓張，叫張郎。其時張郎有三十歲，引姐二十七歲了。那個張郎極是貪小好利、刻剝※20之人。只因劉員外家富無子，他起心央媒入舍為婿，便道這家私久後多是他的了，好不誇張得意！卻是劉員外自己把定家私在手，沒有得放寬與他。

亦且劉員外另有一個肚腸，一來他有個兄弟劉從道，同妻甯氏，亡逝已過。遺下一個侄兒，小名叫做引孫。年二十五歲，讀書知事。只是自小父母雙亡，家私蕩敗，靠著伯父度日。劉員外道是自家骨肉，另眼覷他。怎當得李氏媽媽一心只護著女兒、女婿，又且念他母親存日，妯娌不和，到底結怨在他身上，見了一似眼中之釘。虧得劉員外暗地保全，卻是畢竟礙著媽媽、女婿，不能十分周濟他，心中長懷不忍。二來員外有個丫頭，叫做小梅。媽媽見他精細，叫他近身伏侍，員外就收拾來做了偏房，已有了身孕，指望生出兒子來。有此兩件心事，員外心中不肯輕易把

註

※15前妻晚後：前妻生的小孩。
※16偏生庶養：偏房生的子女。
※17一派：同一血緣。
※18東平府：古代地名。今山東省東平縣。
※19潑天：形容極多。
※20刻剝：即「刻薄」。

家私與了女婿。

怎當得張郎憊賴※21，專一使心用腹※22，搬是造非。挑撥得丈母與引孫舅子日逐吵鬧。引孫當不起激聒※23，劉員外也怕淘氣，私下周給些錢鈔，叫引孫自尋個住處做營生去。引孫是個讀書之人，雖是尋得間破房子住下，不曉得別做生理※24，只靠伯父把得這些東西，且逐漸用去度日。眼見得一個是引孫是趕去了。張郎心裡懷著鬼胎，只怕小梅生下兒女來。若生個小姨，也還只分得一半；若生個小舅，這家私就一些沒他分了。要與渾家※25引姐商量，暗算那小梅。

那引姐倒是個孝順的人，但是女眷家見識。若把家私分與堂弟引孫，他自道是親生女兒，有些氣不甘分※26；若是父親生下小兄弟來，他自是喜歡的。況見父親十分指望，他也要安慰父親的心。這個念頭是真。曉得張郎不懷良心，母親又不明道理，只護著女婿，恐怕不能夠保全小梅生產，時常心下打算。恰好張郎趕逐了引孫出去，心裡得意，在渾家面前露出那要算計小梅的意思來。引姐想道：「若兩三人做了一路，算計他一人，有何難處？不爭※27你們使嫉妒心腸，卻不把我父親的後代絕了，這怎使得？我若不在裡頭使些見識，保護這事，做了父親的罪人，留下萬代

◆元朝發行的鈔票「至元寶鈔」。

的罵名。卻是丈夫見我不肯做一路，怕他每背地自做出來，不若將機就計，暗地周全罷了。」

你道怎生暗地用計？原來引姐有個堂分姑娘※28，嫁在東莊，是與引姐極相厚的，每事心腹相託。引姐要把小梅寄在他家裡去分娩，只當是託孤與他。當下來與小梅商議道：「我家裡自趕了引孫官人出去，張郎心裡要獨占家私。姨姨，你身懷有孕，他好生嫉妒。母親又護著他。姨姨，你自己也要放精細※29些。」小梅道：「姑娘肯如此說，足見看員外面上，十分恩德。奈我獨自一身，怎提防得許多。只望姑娘凡百照顧則個。」引姐道：「我怕不要周全？只是關著財利上事，連夫妻兩個，心肝不托著五臟的。他早晚私下弄了些手腳，我如何知道？」小梅垂淚道：「這等卻怎麼好？不如與員外說個明白，看他怎地做主？」引姐道：「員外老年之

註

※21憊賴：愚頑惡劣、潑皮無賴。
※22使心用腹：設計陷害。
※23激聒：囉嗦爭吵。
※24生理：生意、買賣。
※25渾家：妻子。
※26氣不甘分：心不甘，情不願。
※27不爭：只因爲。
※28堂分姑娘：祖父兄弟的女兒。
※29精細：仔細，小心。

人，他也周庇得你有數※30。況且說破了，落得大家面上不好看，越結下冤家了。你怎當得起？我倒有一計在此，須與姨姨熟商量※31。」小梅道：「姑娘有何高見？」引姐道：「東莊裡姑娘與我最厚。我要把你寄在他莊上，在他那裡分娩，託他一應照顧。生了兒女，就託他撫養著。衣食盤費之類，多在我身上。這邊哄著母親與丈夫，說姨姨不像意走了。他們巴不得你去的，自然不尋究。且等他把這一點要擺佈你的肚腸放寬了，後來看個機會，等我母親有些轉頭，你所養兒女已長大了。然後對員外一一說明，取你歸來。那時須奈何你不得了。除非如此，可保十全。」小梅道：「足見姑娘厚情，殺身難報！」引姐道：「我也只為不忍見員外無後，恐怕你遭了別人毒手，沒奈何背了母親與丈夫，私下和你計較※32。你日後生了兒子，有了好處，須記得今日。」小梅道：「姑娘大恩，經板兒印在心上，怎敢有忘？」兩下商議停當，看著機會，還未及行。

員外一日要到莊上收割，因為小梅有身孕，恐怕女婿生嫉妒，女兒有外心，索性把家私都託女兒、女婿管了。又怕媽媽難為小梅，請將媽媽過來，對他說道：「媽媽，你曉得借甕釀酒麼？」◎3媽媽道：「怎地說？」員外道：「假如別人家甕兒，借將來家裡做酒。酒熟了時，就把那甕兒送還他本主去了，這不是只借得他家伙一番？如今小梅這妮子腹

✦元代彩繪裝飾酒甕。（圖片攝影、來源：Daderot ）

懷有孕，明日或兒或女，得一個只當是你的。那其間將那妮子或典或賣，要不要多憑得你。我只要借他肚裡生下的要緊。這不當是『借甕釀酒』？」媽媽見如此說，也應道：「我曉得，你說的是。我覷著他便了。你放心莊上去。」

員外叫張郎取過那遠年近歲欠他錢鈔的文書，都搬出來，叫小梅點個燈，一把火燒了。張郎伸手火裡去搶，被火一逼，燒壞了指頭叫疼。員外笑道：「錢這般好使？」媽媽道：「借與人家錢鈔，多是幼年到今積趲※33下的家私，如何把這些文書燒掉了？」員外道：「我沒有這幾貫業錢※34，安知不已有了兒子？就是今日有得些些根芽※35，若沒有這幾貫業錢，我也不消擔得這許多干係，別人也不來算計我了。我想財是什麼好東西？苦苦盤算別人的做甚？不如積些陰德，燒掉了些，家裡須用不了。或者天可憐見，不絕我後，得個小廝兒也不見得。」說罷，自往莊上去了。

張郎聽見適纔丈人所言，道是暗暗裡有些侵著他，一發不像意道：「他明明疑心我要暗算小梅，我枉做好人也沒幹。◎4何不趁他在莊上，便當真做一做？也絕

註

※30有數：有限。
※31數商量：好言相商。
※32計較：商議、謀劃。
※33積趲：儲蓄、存錢。趲，讀作「攢」。
※34業錢：造孽錢。
※35些些根芽：後代、根苗。

眉批

◎3：女眷只不許與人釀，那管酒之有無。（可一居士）
◎4：惡人做事，每每怨他人不是。（可一居士）

了後慮。」又來與渾家商量。引姐見事體已急了，他日前已與東莊姑娘說知就裡，當下指點了小梅，竟叫他到那裡藏過，來哄丈夫道：「小梅這丫頭，看見我們意思不善，今早叫他配絨線去，不見回來，想是懷空※36走了。這怎麼好？」張郎道：「逃走是丫頭的常事，走了也倒乾淨，省得我們費氣力。」引姐道：「只是父親知道，須要煩惱。」張郎道：「我們又不打他，不罵他，不衝撞他，他自己走了的，父親也抱怨我們不得。我們且告訴媽媽，大家商量去。」

夫妻兩個來對媽媽說了。媽媽道：「你兩個說來沒半句※37。◎5員外偌大年紀，見有這些兒指望，喜歡不盡，在莊兒上專等報喜哩！怎麼有這等的事？莫不你兩個做出了些什麼歹勾當來？」引姐道：「今日絕早自家走了的，實不干我們事。」媽媽心裡也疑心道別有緣故，卻是護著女兒、女婿，也巴不得將「沒」作「有」，便認做走了也乾淨，那裡還來查著？只怕員外煩惱，又怕員外疑心，三口兒都趕到莊上與員外說。

員外見他們齊來，只道是報他生兒喜信，心下鶻突※38。見說出這話來，驚得木呆。心裡想道：「家裡難為他不過，逼走了他，這是有的。只可惜帶了胎去。」又嘆口氣道：「看起一家這等光景，就是生下兒子來，未必能夠保全。便等小梅自去尋個好處也罷了，何苦累他母子性命？」淚汪汪的，忍著氣恨命。又轉了一念，道：「他們如此算計我，則為著這些浮財。我何苦空積趲著做守財虜※39，倒與他們受用。我總是沒後代，趁我手裡施捨了些去也好。」懷著一天忿氣，大張著榜子※40，約著明日到開元寺裡，散錢與那貧難的人。張郎好生心裡不捨得，只為見丈人心下煩惱，不敢拗他。到了明日，只得帶了好些錢，一家同到開元寺裡散去。

到得寺裡，那貧難的紛紛的來了。但見：

連肩搭背，絡手包頭。瘋癱的氈裹臀行，暗啞的鈴當口說。磕頭撞腦，拿差了柱拐互喧嘩；摸壁扶牆，踹錯了陰溝相怨悵。鬧熱熱攜兒帶女，苦悽悽單夫隻妻。都念道明中捨去暗中來※41，眞叫做今朝那管明朝事！

那劉員外分付：「大乞兒一貫，小乞兒五百文。」乞兒中有個劉九兒，有一個小孩子，他與大都子※42商量著道：「我帶了這孩子去，只支得一貫。我叫這孩子自

註

※36懷空：逮著機會；鑽空子。
※37說來沒半句：說的倒是輕巧。
※38鶻突：混亂、不清楚。此處含有驚訝疑問的意思。
※39守財虜：即「守財奴」。有很多錢財卻很小氣的人。
※40榜子：告示。
※41明中捨去暗中來：明處用掉，暗中又得到。指神明會暗中幫助樂善好施的人獲得錢財。
※42都子：乞丐。

眉批

◎5：媽媽原有良心，非不可化海者，但溺於愛耳。（可一居士）

認做一戶，多落他五百文。你在傍做個證見，幫襯一聲。騙得錢來。我兩個分了買酒喫。」果然去報了名，認做兩戶。張郎問道：「這小的另是一家麼？」大都子傍邊答應道：「另是一家。」就分與他五百錢。劉九兒也都拿著去了。大都子要來分他的。劉九兒道：「這孩子是我的，怎生分得我錢？你須學不得我有兒子。」大都子道：「我和你說定的，你怎生多要了？你有兒的便這般強橫！」兩個打將起來。劉員外問知緣故，叫張郎勸他。怎當得劉九兒不識風色，指著大都子千絕戶※43，萬絕戶的罵◎6道：「我有兒子，是請得錢，干你這絕戶的甚事？」張郎臉兒掙得通紅，止不住他的口。劉員外已聽得明白，大哭道：「俺沒兒子的，這等沒下梢※44！」悲哀不止。連媽媽、女兒傷了心，一齊都哭將起來。張郎沒做理會處。

散罷，只見一個人落後走來，望著員外，媽媽施禮。你道是誰？正是劉引孫。

員外道：「你為何到此？」引孫道：「伯伯、伯娘，前與侄兒的東西，日逐盤費，用度盡了。今日聞知在這裡散錢，特來借些使用。」員外礙著媽媽在傍，看

明畫家周臣《流民圖》（局部），圖中為兩位乞丐畫像。（圖片來源：Cleveland Museum of Art）

見媽媽不做聲，就假意道：「我前日與你的錢鈔，你怎不去做些營生，便是這樣沒了？」引孫道：「侄兒只會看幾行書，不會做什麼營生。日日喫用，有減無增，所以沒了。」員外道：「也是個不成器的東西！我那有許多錢夠你用！」狠狠要打。媽媽假意相勸。引姐與張郎對他道：「父親惱哩！舅舅走罷。」引孫只不肯去，苦要求錢。員外將條拄杖，一直的趕將出來。他們都認是真，也不來勸。

引孫前走，員外趕去。走上半里路來，連引孫也不曉其意，道：「怎生伯伯也如此作怪起來？」員外見沒了人，纔叫他一聲：「引孫！」引孫撲的跪倒。員外撫著哭道：「我的兒，你伯父沒了兒子，受別人的氣。我親骨血只看得你。你伯娘雖然不明理，卻也心慈的，只是婦人一時偏見，不看得破。不曉得別人的肉餵不熱。那張郎不是良人，須有日生分起來。我好歹勸化你伯娘轉意。你只要時節邊勤勤到墳頭上去看看，只一兩年間，我著你做個大大的財主。今日靴裡有兩錠鈔，我瞞著他們，只做趕打，將來與你。你且拿去盤費兩日。把我說的話，不要忘了！」引孫領諾而去。員外轉來，收拾了家去。

張郎見丈人散了許多錢鈔，雖也心疼，卻道是自今以後家財再沒處走動，也儘

註

※43絕户：沒有後代的人。
※44沒下梢：此處用來比喻人沒有好下場、好結局。

眉批

◎6：無端觸景妝點，妙絕。（可一居士）

夠著他了，未免志得意滿。自繇自主要另立個鋪排，把張家來出景。漸漸把丈人、丈母放在腦後，倒像人家不是劉家的一般。劉員外固然看不得，連那媽媽積祖※45護他的，也有些不伏氣起來。虧得女兒引姐著實在裡邊調停。怎當得男子漢心性硬劣，只逞自意，那裡來顧前管後？亦且女兒家順著丈夫，日逐慣了，也漸漸有些隨著丈夫路上來了，自己也不覺得的，當不得有心的看不過。

一日，時遇清明節令，家家上墳祭祖。張郎既掌把了劉家家私，少不得劉家祖墳要張郎支持去祭掃。◎7張郎端正了春盛擔子※46，先同渾家到墳上去。年年劉家上墳已過，張郎然後到自己祖墳上去。此年張郎自家做主，偏要先到張家祖墳上去。引姐道：「怎麼不照舊先在俺家的墳上，等爹媽來上過了再去？」張郎道：「你嫁了我，連你身後也要葬在張家墳裡，還先上張家墳是正禮。」引姐拗丈夫不過，只得隨他先去上墳不題。

那媽媽同劉員外已後起身到墳上來。員外問媽媽道：「他們想已到那裡多時了。」媽媽道：「這時張郎已擺設得齊齊整整，同女兒也在那裡等了。」到得墳

✦員外見沒了人，纔叫他一聲：「引孫！」引孫撲的跪倒。（古版畫，選自《今古奇觀》明末吳郡寶翰樓刊本。）

前，只見靜悄悄地絕無影響。看那墳頭，已有人挑些新土蓋在上面了，也有些紙錢灰與酒澆的濕土在那裡。劉員外心裡，明知是侄兒引孫到此過了，故意道：「誰曾在此先上過墳了？」對媽媽道：「這又作怪！女兒、女婿不曾來，誰上過墳？難道別姓的來不成？」又等了一回，還不見張郎和女兒來。員外等不得，說道：「俺和你先拜了罷。知他們幾時來？」拜罷，員外問媽媽道：「俺老兩口兒百年之後，在那裡埋葬便好？」媽媽指著高岡兒上說道：「這答樹木，長的似傘兒一般，在這所在埋葬也好。」員外嘆口氣道：「此處沒我和你的分。」指著一塊下窪水渰※47的絕地道：「我和你只好葬在這裡。」媽媽道：「我們又不少錢，憑揀著好的所在，怕不是我們葬，怎麼倒在那水渰的絕地？」員外道：「那高岡有龍氣※48的，須讓他有兒子的葬，要圖個後代興旺。俺和你沒有兒子，誰肯讓我？只好剩那絕地與我們安骨頭。總是沒有後代的，不必好地了。」媽媽道：「俺怎生沒後代？現有姐姐、女婿哩！」員外道：「我可忘了。他們還未來，我和你且說閒話。我且問你，我姓什麼？」媽媽道：「誰不曉得姓劉？也要問。」員外道：「我姓劉，你可姓甚麼？」

註

※45積祖：原作歷代。此處作從來。
※46春盛擔子：春遊踏青時所攜帶盛裝食物的盒子。
※47水渰：被水淹沒。渰，通「淹」，讀作「眼」。
※48龍氣：風水用語，山的氣脈所結的地方稱之爲龍穴，適合修築墳墓安葬，可興旺後代子孫。

眉批

◎7：便名不正而言不順。（可一居士）

媽媽道：「我姓李。」員外道：「你姓李，怎麼在我劉家門裡？」媽媽道：「又好笑，我須是嫁了你劉家來。」員外道：「街上人喚你是劉媽媽，喚你是李媽媽？」媽媽道：「常言道：『嫁雞隨雞，嫁狗隨狗。』一車骨頭半車肉，都屬了劉家，怎麼叫我做李媽媽？」員外道：「原來你這骨頭也屬了俺劉家了。◎8這等，女兒姓甚麼？」媽媽道：「女兒也姓劉。」員外道：「女婿姓甚麼？」媽媽道：「女婿姓張。」員外道：「這等，女兒百年之後，可往俺劉家墳裡葬去，還是往張家墳裡葬去？」媽媽道：「女兒百年之後，自去張家墳裡葬去。」說到這句，媽媽不覺的鼻酸起來。員外曉得有些省※49了，便道：「卻又來！這等怎麼叫做得劉門的後代？我們不是絕後的麼？」媽媽放聲哭將起來，道：「員外，怎生直想到這裡？俺無兒的真個好苦！」員外道：「媽媽，你纔省了，就沒有兒子，但得是劉家門裡親人，也須是一瓜一蒂。生前望墳而拜，死後共土而埋。那女兒只在別家去了，有何交涉？」

赤峰元宝山元墓壁画《墓主人對坐圖》，可見元人家庭生活情況。

媽媽被劉員外說得明切，言下大悟。況且平日看見女婿的喬做作※50，今日又不見同女兒先到，也有好些不像意了。正說間，只見引孫來墳頭收拾鐵鍬。看見伯父、伯娘便拜。此時媽媽不比平日，覺得親熱了好些，問道：「你來此做甚麼？」引孫道：「侄兒特來上墳添土的。」媽媽對員外道：「親的則是親。引孫也來上過墳、添過土了。他們還不見到。」員外故意惱引孫道：「你為甚麼不挑了春盛擔子，齊齊整整上墳？卻如此草率！」引孫道：「侄兒無錢，只乞化得三杯酒，一塊紙，略表表做子孫的心。」員外道：「媽媽，你聽說麼？那有春盛擔子的，為不是子孫，這時還不來哩！」媽媽也老大不過意。員外又問引孫道：「你看那邊鴉飛不過的莊宅，石羊、石虎的墳頭，怎不去？到俺這裡做甚麼？」媽媽道：「那邊的墳，知他是那家？他是劉家子孫，怎不到俺劉家墳上來？」員外道：「媽媽，你纔曉得引孫是劉家子孫。你先前可不說姐姐、姐夫是子孫麼？」媽媽道：「我起初是錯見了。從今以後，侄兒只在我家裡住。你是我一家之人。你休記著前日的不是。」引孫道：「這個，侄兒怎敢？」媽媽道：「喫的穿的，我多照管你便了。」員外叫引孫拜謝了媽媽。引孫拜下去道：「全仗伯娘看劉氏一脈，照管孩兒

註

※49省：明白、了悟。
※50喬做作：假裝、做作。

眉批

◎8：句句挑逗，直窮到底，可謂善於說法者。（可一居士）

則個。」媽媽簌簌的掉下淚來。

正傷感處，張郎與女兒來了。員外與媽媽，問其來遲之故。張郎道：「先到寒家※51墳上完了事，纔到這裡來，所以遲了。」媽媽道：「怎不先來上俺家的墳？要俺老兩口兒等這半日。」張郎道：「我是張家子孫，禮上須先完張家的事。」媽媽道：「姐姐呢？」張郎道：「姐姐也是張家媳婦。」媽媽見這幾句話，恰恰對著適間所言的，氣得目睜口呆，變了色道：「你既是張家的兒子、媳婦，怎生掌把著劉家的家私？」劈手就女兒處，把那放鑰匙的匣兒，奪將過來，道：「以後張自張，劉自劉！」徑把匣兒交與引孫了道：「今後只是俺劉家人當家。」◎9此時，連劉員外也不料媽媽如此決斷。那張郎與引姐平日護他慣了的，一發不知在那裡說起，老大的沒趣，心裡道：「怎麼連媽媽也變了卦？」竟不知媽媽已被員外勸化得明明白白的了。張郎還指點叫擺祭物。員外、媽媽大怒道：「我劉家祖宗，不喫你張家殘食，改日另祭。」各不喜歡而散。

張郎與引姐回到家來，好生埋怨道：「誰匡※52先上了自家墳，討得此番發惱不打緊，連家私也奪去，與引孫掌把了。這如何氣得過？」卻又是媽媽做主的，一發作怪。引姐道：「爹媽認道只有引孫一個是劉家親人，所以如此。當初你待要暗算小梅，他有些知覺，豫※53先走了。若留得他在時，生下個兒弟，須不讓著引孫上前了。況且自己兄弟還情願的。讓與引孫，實是氣不甘。」張郎道：「平日又與他冤家對頭，如今他當了家，我們倒要在他喉下取氣了，怎麼好？還不如再求媽媽則個。」引姐道：「是媽媽主的意，如何求得轉？我有道理，只叫引孫一樣當不成家罷了。」張郎問道：「計將安出？」引姐只不肯說，但道是：「做出便見，不必細問。」

明日，劉員外做個東道，請著鄰里人，把家私交與引孫掌把。媽媽也是心安意肯的了。引姐曉得這個消息，道是張郎沒趣，打發出外去了。自己著人悄悄東莊姑娘處說了，接了小梅家來。原來，小梅在東莊分娩，生下一個兒子，已是三歲了。引姐私下寄衣寄食，去看覷他母子，只不把家裡知道，惟恐張郎曉得，生出別樣毒害來，還要等他再長成些，方與父母說破。而今因為氣不過引孫做財主，只得去接了他母子來家。

次日來對劉員外道：「爹爹不認女婿做兒子也罷，怎麼連女兒也不認了？」員外道：「怎麼不認？只是不如引孫親些。」引姐道：「女兒是親生，怎麼倒不如他親？」員外道：「你須是張家人了。他須是劉家親人。」引姐道：「便做道是親，

註

※51寒家：自家的謙稱。
※52匡：料想。
※53豫：事先，通「預」。

眉批

◎9：義理之勇，出於自發，快哉！快哉！（可一居士）

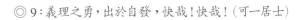

未必就該是他掌把家私。」員外道：「除非再有親似他的，纔奪得他。那裡還有？」引姐笑道：「只怕有也不見得。」劉員外與媽媽，也只道女兒忿氣說這些話，不在心上。只見女兒走去，叫小梅領了兒子到堂前，對爹媽說道：「這可不是親似引孫的來了？」員外、媽媽見是小梅，大驚道：「你在那裡來？可不道逃走了？」小梅道：「誰逃走？須守著孩兒哩！」員外道：「誰是孩兒？」小梅指著兒子道：「這個不是？」員外又驚又喜道：「這個就是你所生的孩兒？一向怎麼說？敢是夢裡麼？」小梅道：「只問姑娘，便見明白。」員外與媽媽道：「姐姐快說些個。」引姐道：「父親不知，聽女兒從頭細說一遍。當初小梅姨姨有半年身孕，張郎使嫉妒心腸，要所算小梅。女兒想來：父親有許大※54年紀，若所算了小梅，便是絕了父親之嗣。是女兒與小梅商量，將來寄在東莊姑娘家中分娩，得了這個孩兒。這二年，只在東莊姑娘處撫養。身衣口食，多是你女兒照管他的。還指望再長成些，方纔說破。今見父親認道只有引孫是親人，故此請了他來家。須不比女兒，可不比引孫還親些麼？」小梅也道：「其實虧了姑娘。若當日不如此周全，怎保得今日有這個孩兒？」

✦引姐自己著人悄悄東莊姑娘處說了，接了小梅家來。（古版畫，選自《今古奇觀》明末吳郡寶翰樓刊本。）

劉員外聽罷，如夢初覺，如醉方醒，心裡感激著女兒。小梅又教兒子不住的叫他「爹爹」。那員外聽得一聲，身也麻了。對媽媽道：「原來親的只是親。女兒姓劉，到底也還護著劉家，◎10不肯順從張郎，把兄弟壞了。今日有了老生兒，不致絕後，早則不在絕地上安墳了。皆是孝順女所賜，老夫怎肯知恩不報？如今有個主意：把家私做三分分開。女兒、侄兒、孩兒，各得一分。大家各管家業，和氣過日子罷了。」當日，叫家人尋了張郎家來，一同引孫及小孩兒，拜見了鄰舍諸親，就做了個分家的筵席，盡歡而散。

此後劉媽媽認了真，十分愛惜著孩兒。員外與小梅自不必說，引姐、引孫又各內外保全。張郎雖是嫉妒，也用不著。畢竟培養得孩兒成立起來，此是劉員外廣施陰德，到底有後；又恩待骨肉，原受骨肉之報。所謂「親一支，熱一支」也。有詩為證：

女婿如何有異圖？總因財利令親疏。
若非孝女關疼熱，畢竟劉家有後無。

註

※54許大：這麼大。

眉批

◎10：女兒偶憤，未可認劉只護劉也。世間女與婿同心，而謀翁產者多矣。（可一居士）

第三十一卷　呂大郎還金完骨肉

毛寶放龜懸大印※1，宋郊渡蟻占高魁※2。
世人盡說天高遠，誰識陰功※3暗裡來。

話說浙江嘉興府※4長水塘地方，有一富翁，姓金名鐘，家財萬貫，世代都稱員外。性至慳吝※5。平生常有五恨。那五恨？

一恨天，二恨地，三恨自家，四恨爹娘，五恨皇帝。

恨天者，恨他不常常六月，又多了秋風冬雪，使人怕冷，不免費錢買衣服來穿。恨地者，恨他樹木生得不湊趣；若是湊趣，生得齊整如意，樹木就好做屋柱，枝條大者就好做梁，細者就好做椽，卻

✦嘉興有運河橫貫境內，為著名的江南水鄉，圖為浙江嘉興市烏鎮古鎮。（圖片來源：韓篤一）

不省了匠人工作。恨自家者，恨肚皮不會作家※6，一日不喫飯，就餓將起來。恨爹娘者，恨他遺下許多親眷朋友，來時未免費茶費水。恨皇帝者，我的祖宗分授的田地，卻要他來收錢糧。

不止五恨，還有四願，願得四般物事。那四般物事？

一願得鄧家銅山※7；二願得郭家金穴※8；三願得石崇※9的聚寶盆；四願得呂純陽祖師點石爲金這個手指頭。

註

※1毛寶放龜懸大印：典故出自《晉書．毛寶傳》。毛寶官至豫州刺史。其部下在武昌買了一隻白龜，放生於江中。在一次戰爭中，渡江者全都溺水，那名部下蒙白龜相救，倖免於難。後用以比喻施恩者會有好報。

※2宋郊渡蟻占高魁：北宋宋郊因救了一窩螞蟻，因而得中狀元。

※3陰功：陰德。

※4嘉興府：今浙江省嘉興市。

※5慳吝：吝嗇。

※6作家：節省開銷。

※7鄧家銅山：漢武帝時鄧通諂媚武帝，替武帝吸吮癰疽，武帝便將蜀郡銅礦賜給他鑄造錢幣，所以在當時非常富有。參見《今古奇觀．卷四裴晉公義還原配》。

※8郭家金穴：典故出自《後漢書．皇后紀上．光武郭皇后》。郭況升官爲大鴻臚，東漢光武帝賞賜金錢縑帛無數，遂有「金穴」之稱。

※9石崇：字季倫，晉南皮（今河北南皮東北）人。元康初累官至荊州刺史，以劫掠客商發財致富。八王之亂時，被趙王倫所殺。

因有這四願五恨，心常不足。積財聚穀，日不暇給，真個是數米而炊，稱柴而爨※10。因此鄉里起他一個異名，叫做金冷水，又叫金剝皮。尤不喜者是僧人。世間只有僧人討便宜，他單會布施※11俗家的東西，再沒有反布施與俗家之理。所以金冷水見了僧人，就是眼中之釘，舌中之刺。他住居相近處，有個福善庵。金員外生年五十，從不曉得在庵中破費一文的香錢。所喜渾家單氏，與員外同年同月同日，只不同時。他偏喫齋好善。金員外喜他的是喫齋，惱他的是好善。因四十歲上，尚無子息，單氏瞞過了丈夫，將自己釵梳二十餘金，布施與福善庵老僧，教他粧佛※12誦經，祈求子嗣。佛門有應，果然連生二子，且是俊秀。因是福善庵祈求來的，大的小名福兒，小的小名善兒。單氏自得了二子之後，時常瞞了丈夫，偷柴偷米，送與福善庵，供養那老僧。金員外偶然察聽了些風聲，便去咒天罵地，夫妻反目，直聒得一個不耐煩方休。如此也非止一次。只為渾家也是個硬性，鬧過了依舊不理。

其年夫妻齊壽，皆當五旬。福兒年九歲，善兒年八歲，踏肩生下來的，都已上學讀書，十全之美。到

史載「積財如山」的石崇，圖為清華喦以綠珠與石崇題材的《金谷園圖軸》（局部）。

生辰之日，金員外恐有親朋來賀壽，預先躲出。◎1單氏又湊些私房銀兩，送與庵中打一壇齋醮※13。一來為老夫婦齊壽，二來為兒子長大，了還愿心。日前也曾與丈夫說過來，丈夫不肯，所以只得私房做事。其夜，和尚們要鋪設長生佛燈，叫香火道人至金家，問金阿媽要幾斗糙米。單氏偷開了倉門，將米三斗付與道人去了。隨後金員外回來，單氏還在倉門口封鎖，被丈夫窺見了，又見地下狼籍些米粒，知是私房做事，欲要爭嚷。心下想道：「今日生辰好日，況且東西去了，也討不轉來，乾拌去了涎沫※14。」只推不知，忍住這口氣，一夜不睡，左思右想道：「叵耐※15這賊禿常時來蒿惱※16我家，到是我看家的一個耗鬼※17。除非那禿驢死了，方絕其患。」恨無計策。到天明時，老僧攜著一個徒弟來回覆醮事。原來那和尚也怕見金冷水，且站在門外張望。金老早已瞧見，眉頭一皺，計上心來。取了幾文錢從

註

※10爨：讀作「竄」，以火燒煮食物。
※11布施：《警世通言四十卷》明王氏三桂堂刊本作「募化」。
※12粧佛：塗上金漆在佛像上。粧，同今妝字，是妝的異體字。
※13齋醮：僧人、道士設壇作法事，祈求神佛庇佑。醮，讀作「較」。
※14乾拌去了涎沫：白費唇舌。
※15叵耐：可惡、可恨。叵，讀作「頗」。
※16蒿惱：擾亂、吵鬧。
※17耗鬼：貧神。

眉批

◎1：薄福小人。（無礙居士）

側門走出市心，到山藥鋪裡贖些砒霜，轉到賣點心的王三郎店裡。王三郎正蒸著一籠熟粉，擺一碗糖餡，要做餅子。金冷水袖裡摸出八文錢，撇在櫃上道：「三郎收了錢，大些的餅子與我做四個。餡卻不要下少了。你只捏著窩兒，等我自家下餡則個。」王三郎口雖不言，心下想道：「有名的金冷水、金剝皮。自從開這幾年點心鋪子，從不見他家半文之面。今日好利市，難得他這八個錢，勝似八百。他是好便宜的，便等他多下些餡去，扳※18他下次主顧。」王三郎向籠中取出雪團樣的熟粉，真個捏做窩兒，遞與金冷水，說道：「員外請尊便。」金冷水卻將砒霜末悄悄的撒在餅內◎2，然後加餡做成餅子。如此一連做了四個，熱烘烘的，放在袖裡，離了王三郎店，望自家門首踱將進來。那兩個和尚正在廳中喫茶。金老欣然相揖。揖罷，入內對渾家道：「兩個師父侵早到來，恐怕肚裡饑餓。適纔鄰舍家邀我喫點心，我見餅子熱得好，袖了他四個來。何不就請了兩個師父？」單氏深喜丈夫回心向善，取個朱紅楪※19子，把四個餅子裝做一碟，叫丫鬟托將出去。那和尚見了員外回家，不敢久坐，已無心喫餅了。見丫鬟送出來，知是阿媽美意，也不好虛得。將四個餅子，裝做一袖，叫聲咶噪※20，出門回庵而去。金老暗暗歡喜，不在話下。

明嘉靖年間的紅漆盤。（圖片攝影、來源：Daderot）

卻說金家兩個學生在社學※21中讀書，放了學時，常到庵中頑耍。這一晚又到庵中。老和尚想道：「金家兩位小官人，時常到此，沒有什麼請得他。今早金阿媽送我四個餅子，還不曾動，放在櫥櫃裡，何不將來熯熱※22了，請他喫一杯茶？」當下分付徒弟在櫥櫃裡取出四個餅子。廚房下熯得焦黃，熱了兩杯濃茶，擺在房裡，請兩位小官人喫茶。兩個學生，頑耍了半晌，正在肚餓，見了熱騰騰的餅子，一人兩個，都喫了。不喫時猶可，喫了呵，分明是：

一塊火燒著心肝，萬桿槍攢著腹肚。

兩個一時齊叫肚疼。跟隨的學童慌了，要扶他回去，奈兩個疼做一堆，跑走不動。老和尚也著了忙，正不知什麼意故？只得叫徒弟一人背了一個，學童隨著，送回金員外家，二僧自去了。金家夫婦這一驚非小，慌忙叫學童問其緣故。學童道：

註

※18 扳：攀附。通「攀」。
※19 楪：盛裝食物的小盤子。
※20 咶噪：叨擾。
※21 社學：元、明、清設置在鄉村地區的學校。
※22 熯熱：烘熱、加熱。熯，讀作「漢」。

眉批

◎2：惡甚。（無礙居士）

「方纔到福善庵喫了四個餅子，便叫肚疼起來。那老師父說，這餅子原是我家今早把與他喫的。他不捨得喫，將來恭敬兩位小官人。◎3」金員外情知蹊蹺了，只得將砒霜實情對阿媽說知。單氏心下越慌了，便把涼水灌他，如何灌得醒！須臾，七竅流血，嗚呼哀哉，做了一對殤※23鬼。

單氏千難萬難，祈求下兩個孩兒，卻被丈夫不仁，自家毒死了。待要廝罵一場，也是枉然。氣又忍不過，苦又熬不過。走進內房，解個束腰羅帕，懸梁自縊。金員外哭了兒子一場，方纔收淚。到房中與阿媽商議說話。見梁上這件打鞦韆的東西唬得半死。登時就得病上床，不夠七日也死了。金氏族家平昔恨那金冷水、金剝皮慳吝，此時天賜其便，大大小小都蜂擁而來，將家私搶個罄盡。此乃萬貫家財，有名的金員外一個終身結果，不好善而行惡之報也。有詩為證：

餅內砒霜那得知？害人反害自家兒。
舉心動念天知道，果報昭彰豈有私？

✦三氧化二砷俗稱砒霜、白砒、鶴頂紅，無臭無味，外觀為白色霜狀粉末。

方纔說金員外只為行惡上，拆散了一家骨肉。如今再說一個人單為行善上，周全了一家骨肉。正是：

善惡相形，禍福自見。戒人作惡，勸人爲善。

話說江南常州府無錫縣東門外，有個小戶人家，兄弟三人，大的叫做呂玉，第二的叫做呂寶，第三的叫做呂珍。呂玉娶妻王氏，呂寶娶妻楊氏，俱有姿色。呂珍年幼未娶。王氏生下一個孩子，小名喜兒，方纔六歲。跟鄰舍家兒童出去看神會※24，夜晚不回。夫妻兩個煩惱，出了一張招子※25，街坊上叫了數日，全無影響。呂玉氣悶，在家裡坐不過，向大戶家借了幾兩本錢，往太倉嘉定一路收些棉花布疋，各處販賣，就便訪問兒子消息。每年正二月出門，到八九月回家，又收新貨。走了四個年頭，雖然趁些利息，眼見得兒子沒有尋處了。日久心慢，也不在話下。到第五個年頭，呂玉別了王氏，又去做經紀。何期※26中途遇了個大本錢的布

註

※23殤：未成年就夭折。
※24神會：將神像抬出來遊行，並舉行祭典，消災祈福。
※25招子：貼在牆上的尋人啓事。
※26何期：豈料。

眉批

◎3：天理昭然。（無礙居士）

商，談論之間，知道呂玉買賣中通透，拉他同往山西脫貨，就帶羢※27貨轉來發賣，於中有些用錢相謝。呂玉貪了蠅頭微利，隨著去了。及至到了山西發貨之後，遇著連歲荒歉，討賒帳不起，不得脫身。呂玉少年久曠，也不免行戶※28中走了一兩遍，走出一身風流瘡。服藥調治，無面回家。捱到三年，瘡纔痊好，討清了帳目。那布商因為稽遲了呂玉的歸期，加倍酬謝。呂玉得了些利物，等不得布商收貨完備，自己販了些粗細羢褐，相別先回。

一日早晨，行至陳留※29地方，偶然去坑廁出恭，見坑板上遺下個青布搭膊。撿在手中，覺得沉重。取回下處打開看時，都是白物※30，約有二百金之數。呂玉想道：「這不意之財，雖則取之無礙，倘或失主追尋不見，好大一場氣悶。古人見金不取，拾帶重還※31。我今年過三旬，尚無子嗣，要這橫財何用？」忙到坑廁左近伺候，只等有人來抓尋，就將原物還他。等了一日，不見人來。次日只得起身。又行了五百餘里，到南宿州地方。其日天晚，下一個客店，遇著一個同下的客人，閒論起江湖生意之事。那客人說起自不小心，五日前侵晨到陳留縣，解下搭膊登東※32。偶然官府在街上過，心慌起身，卻忘記了那搭膊裡面有二百兩銀子，直到夜裡脫衣要睡，方纔省得。想著過了一日，自然有人拾去了，轉去尋覓，也是無益，只得自認晦氣罷了。◎4呂玉便問：「老客尊姓？高居何處？」客人道：「在下姓陳，祖貫徽州。今在揚州閘上開個糧食舖子。敢問老兄高姓？」呂玉道：「小弟姓呂，是常州無錫縣人。揚州也是順路，相送尊兄到彼奉拜。」客人也不知詳細，答應道：「若肯下顧最好。」

次早，二人作伴同行。不一日，來到揚州閘口。呂玉也到陳家舖子，登堂作揖。陳朝奉看坐獻茶。呂玉先題起陳留縣失銀子之事，盤問他搭膊模樣。是個深藍青布的，一頭有白線緝一個「陳」字。呂玉心下曉然，便道：「小弟前在陳留，拾得一個搭膊，倒也相像，把來與尊兄認看。」陳朝奉見了搭膊，道：「正是。」搭膊裡面銀兩，原封不動。呂玉雙手遞還陳朝奉。陳朝奉過意下去，要與呂玉均分。呂玉不肯。陳朝奉道：「便不均分，也受我幾兩謝禮，等在下心安。」呂玉那裡肯受。陳朝奉感激不盡，慌忙擺飯相款。思想：「難得呂玉這般好人，還金之恩，無門可報。自家有十二歲一個女兒，要與呂君扳一脈親往來；但不知他有兒子否？」

註

※27羢：纖細的羊毛。
※28行戶：此指妓院。
※29陳留：今河南省開封市一帶。
※30白物：白花花的銀兩。
※31拾帶重還：唐朝晉公裴度發達前，到香山寺閒遊，在供桌上撿到一條寶帶，一直站在門口等失主。不久，一名女子前來尋找，要用寶帶的錢去贖回被冤枉入獄的父親，裴度就把寶帶還給他。因爲做了這件好事就能官拜宰相，歷事四朝帝王，被封爲晉國公。
※32登東：上廁所。

眉批

◎4：此商亦是達者。（無礙居士）

飲酒中間，陳朝奉問道：「恩兄令郎幾歲了？」呂玉不覺掉下淚來，答道：「小弟只有一兒，七年前為看神會失去了，至今並無下落。荊妻亦別無生育。如今回去，意欲尋個螟蛉※33之子，出去幫扶生理，只是難得這般湊巧的。」陳朝奉道：「舍下數年之間，將三兩銀子，買得一個小廝，貌頗清秀，又且乖巧，也是下路人帶來的。如今一十三歲了，伴著小兒在學堂中上學。恩兄若看得中意時，就送與恩兄伏侍，也當我一點薄敬。」呂玉道：「若肯相借，當奉還身價。」陳朝奉道：「說那裡話來！只恐恩兄不用時，小弟無以為情。」當下便教掌店的，去學堂中喚喜兒到來。呂玉聽得名字與他兒子相同，心中疑惑。須臾，小廝喚到，穿一領蕪湖青布的道袍，生得果然清秀。習慣了學堂中規矩，見了呂玉，朝上深深唱個喏。呂玉心下便覺得歡喜，仔細認出兒子面貌來。四歲時，因跌損左邊眉角，結一個小疤兒，有這點可認。呂玉便問道：「幾時到陳家的？」那小廝想一想道：「有六七年了。」又問他：「你原是那裡

✦小廝穿一領蕪湖青布的道袍，生得果然清秀。習慣了學堂中規矩，見了呂玉，朝上深深唱個喏。（古版畫，選自《今古奇觀》明末吳郡寶翰樓刊本。）

人？誰賣你在此？」那小廝道：「不十分詳細。只記得爹叫做呂大，還有兩個叔叔在家。娘姓王，家在無錫城外。小時被人騙出，賣在此間。」呂玉聽罷，便抱那小廝在懷，叫聲：「親兒！我正是無錫呂大！是你的親爹了。失了你七年，何期在此相遇！」正是：

水底撈針針已得，掌中失寶寶重逢。
筵前相抱慇懃認，猶恐今朝是夢中。

小廝眼中流下淚來。呂玉傷感，自不必說。呂玉起身拜謝陳朝奉：「小兒若非府上收留，今日安得父子重會？」陳朝奉道：「恩兄有還金之盛德，天遣尊駕到寒舍，父子團圓。小弟一向不知是令郎，甚愧怠慢。」呂玉又叫喜兒拜謝了陳朝奉。陳朝奉定要還拜，呂玉不肯，再三扶住，受了兩禮。便請喜兒坐於呂玉之傍。陳朝奉開言：「承恩兄相愛，學生有一女，年方十二歲，欲與令郎結絲蘿之好。」◎5 呂玉見他情意真懇，謙讓不得，只得依允。是夜，父子同榻而宿，說了一夜的說

註

※33 螟蛉：蜾蠃是一種昆蟲，牠常捕捉螟蛉飼養牠的孩子，古人誤以為螟蛉就是蜾蠃的孩子，後稱養子為「螟蛉」。

眉批

◎5：更見陳朝奉非俗品。（無礙居士）

話。

次日，呂玉辭別要行。陳朝奉留住，另設個大席面，款待新親家、新女婿，就當送行。酒行數巡，陳朝奉取出白金二十兩，向呂玉說道：「賢婿一向在舍有慢，今奉些須薄禮相贖，權表親情，萬勿固辭。」呂玉道：「過承高門俯就，舍下就該行聘定之禮。因在客途，不好苟且※34，如何反費親家厚賜？決不敢當！」陳朝奉道：「這是學生自送與賢婿的，不干親翁之事。親翁若見卻，就是不允這頭親事了。」呂玉沒得說，只得受了，叫兒子出席拜謝。陳朝奉扶起道：「些微薄禮，何謝之有。」喜兒又進去謝了丈母。當日開懷暢飲，至晚而散。呂玉想道：「我因這還金之便，父子相逢，誠乃天意。又攀了這頭好親事，似錦上添花。無處報答天地，有陳親家送這二十兩銀子，也是不意之財。何不擇個潔淨僧院，糴米※35齋僧，以種福田※36。」主意定了。

次早，陳朝奉又備早飯。呂玉父子喫罷，收拾行囊，作謝而別。喚了一隻小船，搖出閘外。約有數里，只聽得江邊鼎沸。原來壞了一隻人載船，落水的號呼求救。崖上人招呼小船打撈，小船索要賞犒，在那裡爭嚷。呂玉想道：「救人一命，勝造七級浮屠。比如我要

明代的陶瓷酒罐。（圖片來源：British Museum）

去齋僧，何不捨這二十兩銀子做賞錢，教他撈救，見在功德。」當下對眾人說：「我出賞錢，快撈救！若救起一船人性命，把二十兩銀子與你們。」眾人聽得有二十兩銀子賞錢，小船如蟻而來，連崖上人也有幾個會水性的，赴水去救。須臾之間，把一船人都救起。呂玉將銀子付與眾人分散。水中得命的，都千恩萬謝。只見內中一人，看了呂玉，叫道：「哥哥那裡來？」呂玉看他，不是別人，正是第三個親弟呂珍。呂玉合掌道：「慚愧，慚愧！天遣我撈救兄弟一命。」忙扶上船，將乾衣服與他換了。呂珍納頭便拜。呂玉答禮，就叫姪兒見了叔叔，把還金遇子之事，述了一遍。呂珍驚訝不已。呂玉問道：「你卻為何到此？」呂珍道：「一言難盡。自從哥哥出門之後，一去三年。有人傳說哥哥在山西害了瘡毒身故。二哥察訪得實，嫂嫂已是成服戴孝。兄弟只是不信。二哥近日又要逼嫂嫂嫁人。嫂嫂不從，因此教兄弟親到山西訪問哥哥消息，不期於此相會。又遭覆溺，得哥哥撈救，天與之幸！哥哥不可怠緩，急急回家，以安嫂嫂之心。遲則怕有變了。」呂玉聞說驚慌，急叫家長開船，星夜趕路。正是：

註

※34苟且：草率；輕慢。
※35糴米：買米糧。
※36福田：佛教用語。供養布施，行善修德，能受福報，猶如播種田畝，有秋收之利，故稱福田。

心忙似箭惟嫌緩，船走如梭尚道遲。

再說王氏聞丈夫凶信，初時也疑惑，被呂寶說得活龍活現，也信了，少不得換了些素服。呂寶心懷不善，想著：「哥哥已故，嫂嫂又無所出；況且年紀後生※37，要勸他改嫁，自己得些財禮。」教渾家楊氏與阿姆※38說。王氏堅意不從。又得呂珍朝夕諫阻，所以其計不成。王氏想道：「『千聞不如一見』。雖說丈夫已死在幾千里之外，不知端的。」央小叔呂珍：「是必親到山西問個備細。如果然不幸，骨殖也帶一塊回來。」呂珍去後，呂寶愈無忌憚。又連日賭錢輸了，沒處設法。偶有江西客人喪偶，要討一個娘子。呂寶就將嫂嫂與他說合。那客人也訪得呂大的渾家有幾分顏色，情願出三十兩銀子。呂寶得了銀子，向客人道：「家嫂有些粧喬※39，好好裡請他出門，定然不肯。今夜黃昏時分，喚了人轎，悄地到我家來。只看戴孝髻※40的便是家嫂，更不須言語，扶他上轎，連夜開船去便了。」客人依計而行。

卻說呂寶回家，恐怕嫂嫂不從，在他眼前不露一字。卻私下對渾家做個手勢，道：「那兩腳貨，今夜要出脫與江西客人去了。我生怕他哭哭啼啼，先躲出去，黃昏時候，你勸他上轎，日裡且莫對他說。」呂寶自去了，卻不曾說明孝髻的事。原來楊氏與王氏妯娌最睦，心中不忍，一時丈夫做主，沒奈他何。欲言不言，直挨到酉牌時分，只得與王氏透個消息：「我丈夫已將姆姆嫁與江西客人，少停，客人就來取親，教我莫說。我與姆姆情厚，不好瞞得。你房中有什細軟家私，預先收拾，打個包裹，省得一時忙亂。」王氏啼哭起來，叫天叫地。楊氏道：「不是奴苦勸姆姆。後生家孤孀，終久不了。吊桶已落在井裡，也是一緣一會，哭也沒用！」王氏道：「嬸嬸說那裡話！我丈夫雖說已死，不曾親見。且待三叔回來，定有個真信。如今逼得我好苦！」說罷又哭。楊氏左勸右勸，王氏住了哭說道：「嬸嬸，既要我嫁人，罷了，怎好戴孝髻出門，嬸嬸尋一頂黑髻與奴換了。」楊氏又要忠丈夫之托，又要姆姆面上討好，連忙去尋黑髻來換。也是天數當然，舊髻兒也尋不出一頂。王氏道：「嬸嬸，你是在家的，暫時換你頭上的髻兒與我，明早你教叔叔舖裡取一頂來換了就是。」楊氏道：「使得。」便除下髻來遞與姆姆。王氏將自己孝髻除下，換與楊氏戴了。王氏又換了一身色服。黃昏過後，江西客人引著燈籠火把，抬著一頂花花轎，吹手雖有一副，不敢吹打。如風似雨，飛奔呂家來。呂寶已自與了他暗號，眾人推開大門，只認戴孝髻的就搶。楊氏嚷道：「不是！」眾人那裡管

註

※37後生：比喻年輕。
※38阿姆：弟媳婦稱呼嫂嫂「阿姆」。
※39粧喬：裝模作樣。粧，同今妝字，是妝的異體字。
※40孝髻：女性在喪禮及守孝期間的髮式。

三七二十一，搶上轎時，鼓手吹打，轎夫飛也似抬去了。

一派笙歌上客船，錯疑孝髻是姻緣。
新人若向新郎訴，只怨親夫不怨天。

王氏暗暗叫謝天謝地，關了大門，自去安歇。次日天明，呂寶意氣揚揚，敲門進來。看見是嫂嫂開門，喫了一驚，房中不見了渾家。見嫂子頭上戴的是黑髻，心中大疑。問道：「嫂嫂，你嬸子那裡去了？」王氏暗暗好笑，答道：「昨夜被江西蠻子搶去了。」呂寶道：「那有這話！且問嫂嫂如何不戴孝髻？」王氏將換髻的緣故，述了一遍，呂寶搥胸只是叫苦。指望賣嫂子，誰知到賣了老婆！江西客人已是開船去了。三十兩銀子，昨晚一夜就賭輸了一大半，再要娶這房媳婦子，今生休想。復又思量，一不做，二不休，有心是這等，再尋個主顧把嫂子賣了，還有討老

✦眾人推開大門，只認戴孝髻的就搶。楊氏嚷道：「不是！」眾人那裡管三七二十一，搶上轎時，鼓手吹打，轎夫飛也似抬去了。（古版畫，選自《今古奇觀》明末吳郡寶翰樓刊本。）

婆的本錢。◎6

方欲出門，只見門外四五個人一擁進來。不是別人，卻是哥哥呂玉、兄弟呂珍、姪子喜兒，與兩個腳家※41，馱了行李貨物進門。呂寶自覺無顏，後門逃出，不知去向。

王氏接了丈夫，又見兒子長大回家，問其緣故。呂玉從頭至尾敘了一遍。王氏也把江西人搶去嬸嬸、呂寶無顏，後門走了一段情節敘出。呂玉道：「我若貪了這二百兩非意之財，怎能夠父子相見？若惜了那二十兩銀子，不去撈救覆舟之人，怎能夠兄弟相逢？若不遇兄弟時，怎知家中信息？今日夫妻重會，一家骨肉團圓，皆天使之然也。逆弟賣妻，也是自作自受。皇天報應，的然不爽！」自此益修善行，家道日隆。後來喜兒與陳員外之女做親，子孫繁衍，多有出仕貴顯者。詩云：

本意還金兼得子，立心賣嫂反輸妻。
世間惟有天工巧，善惡分明不可欺。

註

※41 腳家：腳伕。

眉批

◎6：關目甚緊。（無礙居士）

第三十二卷　金玉奴棒打薄情郎

枝在牆東花在西，自從落地任風吹。
枝無花時還再發，花若離枝難上枝。

這四句，乃昔人所作棄婦詞，言婦人之隨夫，如花之附於枝。枝若無花，逢春再發；花若離枝，不可復合。勸世上婦人，事夫盡道，同甘同苦，從一而終，休得慕富嫌貧，兩意三心，自貽後悔。

且說漢朝一個名臣，當初未遇時節，其妻有眼不識泰山，棄之而去，到後來悔之無及。你說那名臣何方人氏？姓甚名誰？那名臣姓朱名買臣，表字翁子，會稽郡※1人氏。家貧未遇，夫妻二口，住於陋巷蓬門。每日買臣向山中砍柴，挑至市中，賣錢度日。性好讀書，手不釋卷，肩上雖挑卻柴擔，手裡兀自擎※2著書本，朗誦咀嚼，

✦朱買臣挑柴讀書遭妻子取笑，圖為清《於越先賢像傳贊》中插圖，清畫家任熊所繪。

且歌且行。市人聽慣了，但聞讀書之聲，便知買臣挑柴擔來了，可憐他是個儒生，都與他買。更兼買臣不爭價錢，憑人估值，所以他的柴，比別人容易出脫。一般也有輕薄少年及兒童之輩，見他又挑柴又讀書，三五成群，把他嘲笑戲侮。買臣全不為意。

一日，其妻出門汲水，見群兒隨著買臣柴擔，拍手共笑，深以為恥。買臣賣柴回來，其妻勸道：「你要讀書，便休賣柴；要賣柴，便休讀書。許大年紀，不痴不顛，卻做出恁般行徑，被兒童笑話，豈不羞死？」買臣笑道：「我賣柴以救貧賤，讀書以取富貴，各不相妨，繇他笑話便了。」其妻笑道：「你若取得富貴時，不去賣柴了。自古及今，那見賣柴的人做了官？卻說這沒把鼻※3的話。」買臣道：「富貴貧賤，各有其時。有人算我八字，到五十歲上必然發跡。常言『海水不可斗量』，你休料※4我。」其妻道：「那算命先生見你痴顛模樣，故意耍笑你。你休聽信。到五十歲時，連柴擔也挑不動◎1，餓死是有分的，還想做官！除是閻羅王殿上少個判官，等你去做。」買臣道：「姜太公八十歲尚在渭水釣魚，遇了文王，

註

※1會稽郡：中國古代郡名，在浙江省境內，今與山陰縣合併爲紹興縣。
※2擎：讀作「情」。拿。
※3沒把鼻：沒依據。
※4料：小覷。

眉批

◎1：也料得不差。（綠天館主人）

以後車載之，拜為尚父。本朝公孫弘※5丞相，五十九歲上還在東海牧豕※6，整整六十歲，方纔際遇今上※7，拜將封侯。我五十歲上發跡，比甘羅※8雖遲，比那兩個還早。你須耐心等去。」其妻道：「你休得攀今吊古※9。那釣魚、牧豕的，胸中都有才學。你如今讀這幾句死書，便讀到一百歲只是這個嘴臉，有甚出息，悔氣做了你老婆。你被兒童恥笑，連累我也沒臉皮。你不聽我言，不拋卻書本，我決不跟你終身！各人自尋道路，休得兩相擔誤。」買臣道：「我今年四十三歲了，再七年便是五十，前長後短。你就等耐也不多時。直恁※10薄情，捨我而去，後來須要懊悔。」其妻道：「世上少甚挑柴擔的漢子？懊悔甚麼來？我若再守你七年，連我這骨頭不知餓死於何地了！你倒放我出門，做個方便，活了我這條性命。」買臣見其妻決意要去，留他不住，歎口氣道：「罷！罷！只願你嫁得丈夫強似朱買臣的便好。」其妻道：「好歹強似一分兒。」說罷，拜了兩拜，欣然出門而去，略不回顧。買臣愀然感慨不已，題詩四句於壁云：

嫁犬逐犬，嫁雞逐雞。
妻自棄我，我不棄妻。

買臣到五十歲時，值漢武帝下詔求賢。買臣到西京※11上

✦姜太公像，圖為明代王圻輯《三才圖會》內插圖。

書，待詔公車※12。同邑人嚴助薦買臣之才。天子知買臣是稽人，必知本土民情利弊，即拜為會稽太守◎2，馳驛赴任。會稽長吏聞新太守將到，大發人夫，修治道路。買臣妻的後夫，亦在役中。其妻蓬頭跣足※13，隨伴送飯，見太守前呼後擁而來。從傍窺之，乃故夫朱買臣也。買臣在車中一眼瞧見，還認得是故妻，遂使人招之，載於後車，到府第中。故妻羞慚無地，叩頭謝罪。買臣教請他後夫相見。不多時，後夫喚到，拜伏於地，不敢仰視。買臣大笑，對其妻道：「似此人，未見得強似我朱買臣也。」其妻再三叩謝，自悔有眼無珠，願降為婢妾，伏事終身。買臣命取水一桶，潑於階下，向其妻說道：「若潑水可復收，則汝亦可復合。念你少年結

註

※5公孫弘：字季齊，淄川薛人。管理牢獄的官吏出身，漢武帝拜爲丞相，封平津侯。
※6豕：讀作「使」，豬。
※7今上：指漢武帝。
※8甘羅：戰國秦下蔡（今安徽省鳳臺縣）人。傳說甘羅十二歲時拜相，但司馬遷《史記》僅載甘羅拜上卿，並不是擔任宰相。甘羅原是呂不韋的門客，勸說趙國割讓五座城池，交換在秦國的人質太子丹，並和趙國聯手攻打燕國成功，因爲這件事甘羅被封爲上卿。
※9攀今吊古：把古人、今人的事物，和自己扯上關係。
※10直恁：竟然如此。
※11西京：東漢時期指長安。
※12待詔公車：住在備有專車迎接應徵臣民的官署中，等候皇帝的召見。公車，官署的名稱，漢代以官府的車馬接送應徵的臣民。
※13跣足：打赤腳。跣，讀作「顯」。

眉批

◎2：幸有憐才聖主，故讀書人說得嘴響。（綠天館主人）

髮之情，判後園隙地※14，與汝夫婦耕種自食。」其妻隨後夫走出府第。路人都指著說道：「此即新太守夫人也。」於是羞極無顏，到於後園，遂投河而死。有詩為證：

漂母尚知憐餓士※15，親妻忍得棄貧儒。
早知覆水難收取，悔不當初任讀書。

又有一詩，說欺貧重富，世情皆然，不止一買臣之妻也。詩曰：

盡看成敗說高低，誰識蛟龍在污泥？
莫怪婦人無法眼，普天幾個負羈妻※16。

這個故事是妻棄夫的，如今再說一個夫棄妻的，一般是欺貧重富、背義忘恩，後來徒落得個薄倖之名，被人議論。

話說故宋紹興年間，臨安雖然是個建都之地，富庶之鄉，其中乞丐的依然不少。那丐戶中有個為頭的，名曰「團頭」，管著眾丐。眾丐叫化得東西來時，團頭要收他日頭錢；若是雨雪時，沒處叫化，團頭卻熬些稀粥養活這夥丐戶。破衣破

朱買臣得志後在車上認出前妻，圖為漢代時的馬車石刻拓印。

襖，也是團頭照管。所以這夥丐戶小心低氣，服著團頭，如奴一般，不敢觸犯。那團頭見成收些常例錢，將錢在眾丐戶中放債盤利。若不嫖不賭，依然做起大家事來。他靠此為生，一時也不想改業。只是一件，團頭的名兒不好，隨你掙得有田有地，幾代發跡，終是個叫化頭兒，比不得平等百姓人家。出外沒人恭敬，只好閉著門，自屋裡做大。雖然如此，若數著良賤二字，只說娼、優、隸、卒四般為賤流，倒數不著那乞丐。看來乞丐只是沒錢，身上卻無疤瘢※17。假如春秋時，伍子胥逃難，也曾吹簫於吳市中乞食※18；唐時鄭元和做歌郎，唱蓮花落※19。後來富貴

註

※14隙地：空著的地方。

※15漂母尚知憐餓士：典故出自《史記・淮陰侯列傳》：「有一母見信飢，飯信，竟漂數十日。信喜，謂漂母曰：『吾必有以重報母。』」有一婦人見到韓信吃不飽飯，替人漂洗衣物換飯食給他吃。韓信說，他以後必定會報答他。

※16負羈妻：比喻婦人慧眼識英雄。典故出自《左傳》。春秋時期曹國大夫僖負羈的妻子。晉文公重耳逃亡在外，投奔曹國時，曹國國君不禮遇重耳，僖負羈的妻子認爲重耳此人很賢能，便勸丈夫禮遇他。後來重耳登上晉國國君之位，出兵伐曹，唯有僖負羈得以倖免於禍。

※17疤瘢：傷疤。依據上下文，此應作「身世清白」解。

※18伍子胥逃難，也曾吹簫於吳市中乞食：伍子胥，名員。春秋時期楚國人。與父兄俱在楚國做官，後楚王聽讒言殺其父兄，伍子胥逃亡吳國，一度吹簫乞討度日。

※19唐時鄭元和做歌郎，唱蓮花落：故事出自唐傳奇《李娃傳》。鄭元和愛上妓女李娃，初時一擲千金包養，後來錢財用盡，被鴇母趕出去，流落街頭做了乞丐，最後受到李娃的幫助，金榜題名，夫妻團圓。

發達，一床錦被遮蓋。這都是叫化中出色的。可見此輩雖然被人輕賤，倒不比娼、優、隸、卒。

閒話休題。如今且說杭州城中一個團頭，姓金名老大。祖上到他，做了七代團頭了。掙得個完完全全的家事，住的有好房子，種的有好田園，穿的有好衣，喫的有好食。真個廒※20多積粟，囊有餘錢，使婢驅奴，雖不是頂富，也是數得著的富家了。那金老大有志氣，把這團頭讓與族人多癩子頂了，自己見成受用，不與這夥丐戶歪纏。然雖如此，里中口順，還只叫他是團頭家，其名不改。金老大年五十餘，喪妻無子，止存一女，名喚玉奴。那玉奴生得十分美貌。怎見得？有詩為證：

無瑕堪比玉，有態欲羞花。

只少宮妝扮，分明張麗華※21。

金老大愛此女如同珍寶，從小教他讀書識字。到十五六歲時，詩賦俱通，一寫一作，信手而成。更兼女工精巧，亦能調箏弄管，事事伶俐。金老大倚著女兒才貌，立心要將他嫁個士人。論來，就名門舊族中，急切要這一個女子，亦不易得，可恨生於團頭之家，沒人相

伍子胥出亡奔吳，途中曾藏於淮水間躲避追兵，圖為月岡芳年繪《月百姿》。

求。若是平常經紀人家、沒前程的，金老大又不肯扳他了。因此高低不就，把女兒直捱到一十八歲，尚未許人。

偶然有個鄰翁來說：「太平橋下有個書生，姓莫名稽，年二十歲，一表人才，讀書飽學。只為父母雙亡，家窮未娶，近日考中，補上太學生，情願入贅人家。此人正與令愛相宜，何不招之為婿？」金老大道：「就煩老翁作伐何如？」鄰翁領命，逕到太平橋下，尋那莫秀才，對他說道：「實不相瞞，祖宗曾做個團頭的，如今久不做了。只貪他好個女兒，又且家道富足。秀才若不棄嫌，老漢即當玉成其事。」莫稽口雖不語，心下想道：「我今衣食不周，無力婚娶，何不俯就他家，一舉兩得？」也顧不得恥笑，乃對鄰翁說道：「大伯所言甚妙。但我家貧乏聘，如何是好？」鄰翁道：「秀才但是允從，紙也不費一張，都在老漢身上。」鄰翁回覆，兩相情願，擇吉聯連姻。金家倒送一套新衣穿著，莫秀才過門成親。莫生見玉奴才貌，喜出望外。不費一錢，白白的得了個美妻，又且豐衣足食，事事稱懷。就是朋友輩中，曉得莫生貧苦，無不相諒，倒也沒人去笑他。

到了滿月，金老大備下盛席，教女婿請他同學會友飲酒，榮耀自家門戶。一

註

※20 廒：讀作「敖」。存放糧食的倉庫。

※21 張麗華：南朝陳後主陳叔寶的妃子，豔麗無雙。國亡後被隋軍擒獲斬首。

連喫了六七日酒。何期惱了族人金癩子。那癩子也是一班正理，他道：「你也是團頭，我也是團頭，只你多做了幾代，掙得錢鈔在手。論起祖宗一脈，彼此無二。姪女玉奴招婿，也該請我喫杯喜酒。如今請人做滿月，開宴六七日，並無三寸長一寸闊的請帖兒到我。你女婿做秀才，難道就做尚書、宰相，我就不是親叔公，坐不起欖頭？直恁不覷人在眼裡！我且去蒿惱他一場，教他大家沒趣。」叫起五六十個丐戶，一齊奔到金老大家裡來。但見：

開花帽子，打結衫兒。舊席片對著破氈條，短竹根配著缺糙碗。叫爹叫娘叫財主，門前只見喧嘩；弄蛇弄狗弄猢猻，口內各呈伎倆。鼓板唱楊花，惡聲聒耳；打磚搽粉臉，醜態逼人。一班潑鬼聚成群，便是鍾馗收不得。

金老大聽得鬧吵，開門看時，那金癩子領著眾丐戶，一擁而入，嚷做一堂。癩子逕奔席上，揀好酒好食只顧喫，口裡叫道：「快教姪婿夫妻拜叔公！」嚇得眾秀才站腳不住，都逃席去了。連莫稽也隨著眾朋友躲避。金老大無可奈何，只得再三央告道：「今日是我女婿請客，不干我事；改日專治一盃，與你陪話。」又將許多錢鈔，分賞眾丐戶；又抬出兩甕好酒，和些活雞活鵝之類，教眾丐戶送去癩子家，當個折席。直亂到黑夜，方纔散去。玉奴在房中氣得兩淚交流。這一夜，莫稽在朋友家借宿，次早方回家。金老大見了女婿，自覺出醜，滿面含羞。莫稽心中，未免也有三分不樂。正是：

啞子嘗黃柏※22，苦味自家知。

卻說金玉奴只恨自己門風不好，要掙個出頭，乃勸丈夫刻苦讀書。凡古今書籍，不惜價錢，買來與丈夫看。又不吝供給之費，請人會文會講。又出貲財※23，教丈夫結交延譽◎3。莫稽繇此才學日進，名譽日起。二十三歲發解※24，連科及第※25。這日瓊林宴※26罷，烏帽宮袍，馬上迎歸。將到丈人家裡，只見街坊上人爭先來看。兒童輩都指道：「金團頭家女婿做了官也。」◎4莫稽在馬上聽得此言，又不好攬事，只得忍耐。見了丈人，雖然外面盡禮，卻包著一肚子忿氣。想道：「早

註

※22黃柏：植物名，味苦。
※23貲財：錢財。貲，通「資」。財物、錢財。
※24發解：唐宋兩代，符合資格的應試貢舉的人選，由所在州縣解送到京城，以便參加會試，稱為「發解」。明清兩代亦稱鄉試中舉者為「發解」。
※25連科及第：考中鄉試後赴京參加會試，接連考中進士的人。
※26瓊林宴：宋代天子在瓊林苑設宴款待新科進士，後來舉辦場所雖不在瓊林苑，仍沿用此名。

眉批

◎3：第一要著。(綠天館主人)
◎4：官婿做團頭可恥，團頭婿做官，何恥之有？(綠天館主人)

知有今日富貴，怕沒王侯貴戚招贅為婿？卻拜個團頭做岳丈，可不是終身之玷？養出兒女來，還是團頭的外孫，被人傳作話柄。如今事已如此，妻又賢慧，不犯七出之條，不好淚絕得。正是：事不三思，終有後悔。」為此心中怏怏，只是不樂。玉奴幾遍問而不答，正不知甚麼意故。好笑那莫稽，只想著今日富貴，卻忘了貧賤的時節，把老婆資助成名一段功勞，化為冰水。這是他心術不端處。

不一日，莫稽謁選※27，得授無為軍司戶※28。丈人治酒送行。此時，眾丐戶料也不敢登門吵鬧了。喜得臨安到無為軍，是一水之地。莫稽領了妻子，登舟赴任。行了數日，到了采石江邊，維舟※29北岸。其夜月明如晝，莫稽睡不能寐，穿衣而起，坐於船頭玩月，四顧無人，又想起團頭之事，悶悶不悅。忽然動一個惡念：除非此婦身死，另娶一人，方免得終身之恥。心生一計，走進船艙，哄玉奴起來看月華。玉奴已睡了。莫稽再三逼他起身，玉奴難逆丈夫之意，只得披衣，走至馬門※30口，舒頭※31望月。被莫稽出其不意，牽出船頭，推墮江中。悄悄喚起舟人，分付：「快開船前去，重重有賞，不可遲慢！」舟人不知明白，慌忙撐篙蕩槳，移舟於十里

✦玉奴被莫稽出其不意，牽出船頭，推墮江中。（古版畫，選自《今古奇觀》明末吳郡寶翰樓刊本）

之外，住泊停當，方纔說：「適間奶奶因玩月墜水，撈救不及了。」卻將三兩銀子，賞與舟人為酒錢。舟人會意，誰敢開口？船中雖跟得有幾個蠢婢子，只道主母真個墜水，悲泣了一場，丟開了手，不在話下。有詩為證：

只爲團頭號不香，一朝得意棄糟糠。
天緣結髮終難得，贏得人呼薄倖郎。

你說事有湊巧，莫稽移船去後，剛剛有個淮西轉運使※32許德厚，也是新上任的，泊舟於采石北岸，正是莫稽先前推妻墜水處。許德厚和夫人推窗看月，開懷飲酒，尚未曾睡。忽聞岸上啼哭，乃是婦人聲音，其聲哀怨，好生悽慘。忙呼水手找看，果然是個單身婦人，坐於江岸。便教喚上船來，審其來歷。原來此婦正是無為

註

※27謁選：官員赴吏部等候選派官職。
※28無爲軍司户：無爲軍，地名，今安徽省無爲縣無城鎮。司户，主管縣級户口、財政的官吏。
※29維舟：繫船靠岸。
※30馬門：船上艙房的門。
※31舒頭：伸頭。
※32轉運使：古代官名。唐代開始置設，掌管財貨、賦稅與糧食等運輸事務。宋代則兼掌軍事、掌管刑事判牘以及地方巡察等職務。到了明代僅掌管鹽政事務。

軍司戶之妻金玉奴，初墜水時，魂飛魄蕩，已拼著必死。忽覺水中有物，托起兩足，隨波而行，近於江岸。玉奴掙扎上岸，舉目看時，江水茫茫，已不見了司戶之船，纔悟道丈夫貴而忘賤，故意欲溺死故妻，別圖良配。如今雖得了性命，無處依棲，轉思苦楚，以此痛哭。見許公盤問，不免從頭至尾細說一遍。說罷，哭之不已，連許公夫婦都感傷墮淚，勸道：「汝休得悲啼。肯為我義女，再作道理。」玉奴拜謝。許公分付夫人，取乾衣替他通身換了，安排他後艙獨宿。教手下男女都稱他小姐，又分付舟人不許泄漏其事。

不一日，到淮西上任。那無為軍正是他所屬地方。許公是莫司戶的上司，未免隨班參謁。許公見了莫司戶，心中想道：「可惜一表人才，幹恁般薄倖之事！」◎5約過數月，許公對僚屬說道：「下官有一女，頗有才貌，年已及笄※33，欲擇一佳婿贅之。諸君意中有其人否？」眾僚屬都聞得莫司戶青年喪偶，齊聲薦他才品非凡，堪作東床※34之選。許公道：「此子吾亦屬意久矣！但少年登第，心高望厚，未必肯贅吾家。」眾僚屬道：「彼出身寒門，得公收拔，如蒹葭倚玉樹※35，何幸如之，豈似入贅為嫌乎？」許公道：「諸君即酌量可行，可與莫司戶言之，但云出自諸君之意，以探其情；莫說下官，恐有妨礙。」眾人領命，遂與莫稽說知此事，要替他做媒。莫稽正要攀高，況且聯姻上司，求之不得，便欣然應道：「此事全仗玉成，當效銜結之報。」眾人道：「當得，當得。」隨即將言回復許公。許公道：

「雖承司戶不棄，但下官夫婦鍾愛此女，嬌養成性，所以不捨得出嫁。只怕司戶少年氣概，不相饒讓，或致小有嫌隙，有傷下官夫婦之心。須是預先講過，凡事容耐些，方敢贅入。」眾人領命，又到司戶處傳話。司戶無不依允。此時司戶比做秀才時節一般，用金花綵幣，為納聘之儀。選了吉期，皮鬆骨癢※36，整備做轉運使的女婿。

卻說許公先教夫人與玉奴說：「老相公憐你寡居，欲重贅一少年進士。你不可推阻。」玉奴答道：「奴家雖出寒門，頗知禮數，既與莫郎結髮，從一而終。雖然莫郎嫌貧棄賤，忍心害理；奴家名盡其道，豈肯改嫁以傷婦節？」言畢，淚如雨下。◎6夫人察他志誠，乃實說道：「老相公所說少年進士，就是莫郎。老相公恨其薄倖，務要你夫妻再合，只說有個親生女兒要招贅一婿，卻教眾僚屬與莫郎議

註

※33及笄：年滿十五歲，到了古代適婚的年齡。

※34東床：指女婿。晉時郗鑒派人到王導家選女婿，王家子弟聽到消息後，都很矯揉做作以給對方好印象，只有王羲之與平常一般坦腹躺在東床進食，因而中選。典故出自《晉書・卷八十・王羲之傳》。

※35蒹葭倚玉樹：典故出自南朝宋・劉義慶《世說新語・容止》。魏明帝命皇后的弟弟毛曾與夏侯元並席而坐，兩人品貌、地位非常不相稱，故當時人比喻為蒹葭倚玉樹，即低賤的蘆葦依靠著高貴的玉樹。後用以比喻沾光之意。

※36皮鬆骨癢：形容人得意忘形，露出輕狂或不端莊的模樣。

眉批

◎5：許公大是妙人。（綠天館主人）
◎6：難得難得。（綠天館主人）

親。莫郎欣然聽命，只今晚入贅吾家。等他進房之時，須是如此如此，與你出這口嘔氣。」玉奴方纔收淚，重勻粉面，再整新妝，打點結親之事。

到晚，莫司戶冠帶齊整，帽插金花，身披紅錦，跨著雕鞍駿馬，兩班鼓樂前導。眾僚屬都來送親，一路行來，誰不喝彩？◎7正是：

鼓樂喧闐白馬來，風流佳婿實奇哉。
團頭喜換高門眷，采石江邊未足哀。

是夜，轉運司鋪氈結彩，大吹大擂，等候新女婿上門。莫司戶到門下馬，許公冠帶出迎。眾官僚都別去。莫司戶直入私宅，新人用紅帕覆首，兩個養娘扶將出來。掌禮人在檻外喝禮，雙雙拜了天地，又拜了丈人、丈母，然後交拜禮畢，送歸洞房做花燭筵席。莫司戶此時心中，如登九霄雲裡，歡喜不可形容，仰著臉昂然而入。纔跨進房門，忽然兩邊門側裡走出七八個老嫗、丫鬟，一個個手執籬竹細棒，劈頭劈腦打將下來，把紗帽都打脫了。肩背上棒如雨下，打得叫喊不過，正沒想一

莫稽跨進房門，忽然兩邊門側裡走出七八個老嫗、丫鬟，一個個手執籬竹細棒，劈頭劈腦打將下來。（古版畫，選自《今古奇觀》明末吳郡寶翰樓刊本）

頭處。◎8莫司戶被打，慌做一堆蹭倒，只得叫聲：「岳父、岳母救命！」正在危急，只聽得房中嬌聲宛轉叫道：「休打殺薄情郎，且喚來相見。」眾人方纔住手。七八個老嫗、丫鬟，扯耳朵、拽胳膊，好似六賊戲彌陀※37一般，腳不點地擁到新人面前。司戶口中還說道：「下官何罪？」◎9舉目看時，花燭輝煌，照見上邊端端正正坐著個新人，不是別人，正是故妻金玉奴。莫稽此時，魂不附體，亂嚷道：「有鬼！有鬼！」眾人都笑起來。只見許公自外而入，叫道：「賢婿休疑，此乃吾采石江頭所認之義女，非鬼也。」莫稽心頭方纔住了跳，慌忙跪下拱手道：「我莫稽知罪了，望大人包容之。」許公道：「此事與下官無干，只吾女沒說話就罷了。」玉奴唾面罵道：「薄倖賊！你不記宋弘有言：『貧賤之交不可忘，糟糠之妻不下堂。』當初你空手贅入吾門，虧得我家貲財，讀書延譽，以致成名，僥倖今日。奴家亦望夫榮妻貴，何期忘恩負本，就不念結髮之情，恩將仇報，將奴推墮江心。幸得皇天可憐，得遇恩爹提救，收為義女，不然一定葬於江魚之腹，你卻於心何忍？今日有何顏面，再與你完聚？」說罷，放聲大哭，千薄倖、萬薄倖罵不住

註

※37六賊戲彌陀：即佛教的「守護諸根門」說法，眼、耳、鼻、舌、身、意，爲六根，此六根如同六大賊，會讓我們的心想順服此六大賊的奴役，進而讓我們喪失智慧，傾向無明，故而需時時刻刻專注於特定目標，如：呼吸，此如繩索拴住此六大賊，使心不被六根所奴役。彌陀，有定力，故能不被此六大賊擾亂心智。

眉批

◎7：好快活。（綠天館主人）
◎8：只夫妻重合，不妙；有此一等打，才快人心。（綠天館主人）
◎9：形容都像。（綠天館主人）

口。莫稽滿面羞慚，閉口無言，只顧磕頭求恕。

許公見罵得夠了，方纔把莫稽扶起，勸玉奴道：「我兒息怒。如今賢婿悔罪，料然不敢輕慢你了。你兩個雖然舊日夫妻，在我家只算新婚花燭。凡是看我之面。閒言閒語，一筆都勾罷。」又對莫稽道：「賢婿，你自家不是，休怪別人。今宵只索忍耐，我教你丈母來解勸。」說罷出房。少刻，夫人來到，又調停了許多說話，二人方纔和睦。

次日，許公設宴管待新女婿，將前日所下金花綵幣，依舊送還，道：「一女不受二聘。賢婿前番在金家，已費過了；今番下官不敢重疊收受。」莫稽低頭無語。許公又道：「賢婿常恨令岳翁卑賤，以致夫婦失愛，幾乖倫理。今下官備員※38轉運，只恐官卑職小，尚未滿賢婿之意。」莫稽漲得面皮紅紫，只是離席謝罪。有詩為證：

痴心指望締高姻，誰料新人是舊人？
打罵一場羞滿面，問他何取岳翁新。

自此莫稽與玉奴夫婦和好，比前加倍。許公共夫人待玉奴如真女，待莫稽如真婿。玉奴待許公夫婦，亦與真爹媽無異，連莫稽都感動了，迎接團頭金老大，在任所奉養終身。後來許公夫婦之死，金玉奴皆制重服，以報其恩。莫稽年至五十歲，先玉奴而卒。其將死數日前，夢神人對他說：「汝壽本不止此，為汝昔日無故殺妻，滅倫賊義，上干神怒，減壽一紀，減祿三秩※39。汝妻之不死再合，亦是神明曲佑，一救無辜，一薄爾罪也。」莫稽夢覺嗟歎，對家人說夢中神語，料道病已不起，正是：

舉心動念天知道，果報昭彰豈有私？

莫氏與許氏世世為通家兄弟，往來不絕。詩云：

宋弘守義稱高節，黃允休妻※40罵薄情。
試看莫生婚再合，姻緣前定枉勞爭。

註

※38備員：此作謙辭，充當之意。
※39減祿三秩：降官職三品。
※40黃允休妻：黃允拋棄糟糠之妻，另娶宰相袁槐的女兒爲妻，後因人品低劣被免去官職。此處借用此事諷刺莫稽殺妻負心之事。

參考書目

1. 李平校注，抱甕老人原著，《今古奇觀》（台北：三民書局出版，二〇一六年六月。）
2. 吳書蔭校注，馮夢龍原著，無礙居士點評，《三言：警世通言》（北京：中華書局出版，二〇一五年六月。）
3. 吳書蔭校注，凌濛初原著，即空觀主人點評，《二拍：二刻拍案驚奇》（北京：中華書局出版，二〇一五年六月。）
4. 張明高校注，馮夢龍原著，可一居士點評，《三言：醒世恆言》（北京：中華書局出版，二〇一五年六月。）
5. 邱燮友、周何、田博元等編著，《國學導讀一—五冊》（台北：三民書局出版，二〇〇〇年十月。）
6. 馬積高、黃鈞主編，《中國古代文學史一—四冊》（台北：萬卷樓圖書股份有限公司，二〇〇三年）
6. 張明高校注，凌濛初原著，即空觀主人點評，《二拍：初刻拍案驚奇》（北京：中華書局出版，二〇一五年六月。）
7. 陳熙中校注，馮夢龍原著，綠天館主人點評，《三言：喻世明言》（北京：中華書局出版，二〇一五年六月。）

電子工具書：

1. 《警世通言四十卷》明王氏三桂堂刊本，收錄於東京大學東洋文化研究所所藏《雙紅堂文庫全文影像資料庫》http：//hong.ioc.u-tokyo.ac.jp/main_p.php
2. 《醒世恆言四十卷》清衍慶堂刊本，收錄於東京大學東洋文化研究所所藏《雙紅堂文庫全文影像資料庫》

http‥//hong.ioc.u-tokyo.ac.jp/main_p.php

3.《拍案驚奇三十六卷》消閒居刊本，收錄於東京大學東洋文化研究所所藏《雙紅堂文庫全文影像資料庫》

http‥//hong.ioc.u-tokyo.ac.jp/main_p.php

4.教育部重編國語辭典修訂本 http‥//dict.revised.moe.edu.tw/cbdic/

5.教育部異體字字典 http‥//dict.variants.moe.edu.tw/

6.佛光大辭典 https‥//www.fgs.org.tw/fgs_book/fgs_drser.aspx

7.百度百科 http‥//baike.baidu.com/

8.維基百科 https‥//zh.wikipedia.org/zh-tw/

9.中央研究院漢籍電子文獻 https‥//www.google.com.tw/#q=%E7%80%9A%E5%85%B8

10.漢語大辭典 http‥//www.guoxuedashi.com/

國家圖書館出版品預行編目資料

今古奇觀. 四/ 抱甕老人原著 ; 曾珮琦編註. -- 初版. -- 臺中市 ： 好讀, 2020.1

面； 公分. --（圖說經典 ; 38）

ISBN 978-986-178-510-3（平裝）

857.41 109016819

好讀出版

圖說經典 38

今古奇觀（四）

【亂點鴛鴦】

原　著／（明）抱甕老人
編　註／曾珮琦
總 編 輯／鄧茵茵
文字編輯／莊銘桓
行銷企劃／劉恩綺
封面設計／鄭年亨
發 行 所／好讀出版有限公司
台中市407西屯區工業30路1號
台中市407西屯區大有街13號（編輯部）
TEL：04-23157795 FAX：04-23144188 http：//howdo.morningstar.com.tw
（如對本書編輯或內容有意見，請來電或上網告訴我們）
法律顧問 陳思成律師

總經銷／知己圖書股份有限公司
106台北市大安區辛亥路一段30號9樓
TEL：02-23672044 23672047 FAX：02-23635741
407台中市西屯區工業30路1號1樓
TEL：04-23595819 FAX：04-23595493
E-mail：service@morningstar.com.tw
網路書店 http：//www.morningstar.com.tw
讀者專線：04-23595819 # 230
郵政劃撥 ：15060393（知己圖書股份有限公司）
印刷／上好印刷股份有限公司

線上讀者回函：
請掃描QRCODE

初版／西元2020年1月15日
定價：299元
如有破損或裝訂錯誤，請寄回知己圖書更換

Published by How-Do Publishing Co., Ltd.
2020 Printed in Taiwan

ISBN 978-986-178-510-3